苔花集

王伯瑛 著

A Collection of Poems

By Wang Boying

同济大学出版社

青青崖上苔,
远径绝尘埃。
无色亦无空,
好时随缘开。

——自题

自序

《苔花集》书名出自袁枚的诗句:"白日不到处,青春恰自来。苔花如米小,也学牡丹开。"诗句直白浅显,晓畅易懂,用不着费力解读。就如收集在这里的文字,纯粹,简单。花,只是花;草,只是草;风,只是风;雨,只是雨;感觉也只是此时此地的感觉。更因其细小,它们承载不起深刻的探究和沉重的推演。

苔花,在幽深僻静处,在被遗忘的角落,适逢顺和的时节,就自顾自地开了,开出的是米粒似的小花。它不张扬,也不自卑;不炫耀,也不沮丧;不矫揉,也不敷衍。开的是一朵花,有花的气势,花的姿态,花的优美。它开得舒展,敞亮,自在,没有纠结是不是有意义,是不是惹人喜爱,是不是流芳百世。它只是要绽放,要纵情,要美丽。

《苔花集》记录的是一个小女人从小视野里看到的小细节,从小心眼里感受到的小情绪,从小体量里妆点的小天地。描写的是细枝末节,表达的是儿女情长,妙悟的是岁月静好。"井底之蛙,不语于海。"至于人生几何、恋爱三角之类的太过宏大的叙事,太过艰深的哲理,则难以企及,也难以承受。

《苔花集》要呈现的是一种纯粹的美,物、景、人、情。自然的山山水水花花草草;心绪的明明灭灭起起伏伏。阔朗晴明,色悦音满,即使偶有悲凄的字符,也是忧郁而悠扬,哀伤又明亮。

"青山看不厌,流水趣何长。"我将继续在看风景的路上,偶拾诗意。

目录

005　自序

诗歌

018　水仙
018　假日
019　撷美
019　初冬绵雨
020　久雨得晴
020　秋景（一）
021　秋景（二）
021　秋景（三）
022　复兄新年礼
022　御寒
023　老母
023　老父
024　迎春
024　早春探梅
025　回故乡（一）
025　回故乡（二）
026　回故乡（三）
026　春色（一）

027　春色（二）

027　紫藤

028　春梦

028　自题

029　立夏

029　家园（一）

030　家园（二）

030　悼杨绛

031　访李庄

033　蜀南竹海

033　春欢

035　乡愁

035　孤夜

036　思儿吟

036　赞女排里约奥运夺冠

037　葵花

037　西施故里

038　香榧

038　中秋

039　郊游

040　秋分自家窗口观日出

041　秋

目录

041　家院
042　寻古
043　兰溪
043　欢春
044　观景
044　偶吟
045　桂花（一）
045　桂花（二）
046　桂花（三）
046　桂花（四）
047　桂花（五）
047　茶吟
048　菊
048　四时谣
049　秋思
051　立冬
051　观港珠澳大桥
052　致书房绿萝
053　小雪
054　思儿
054　冬至
055　致狗尾巴草

056	元旦贺
057	假日
057	家养花草
058	咏雪
059	丁酉年贺鸡
059	山居
060	陪母赏梅
060	白玉兰
061	寒假
062	早樱
062	吊梅花
063	周日游
064	三八节
066	思儿
067	柳丝
067	桃花
068	赏花
068	桃花源
069	樱花季节怀友
069	落英
071	雨后樱桃园
071	冬与春

072	贺同济 110 校庆
073	歇玄武湖
073	家
074	年光
074	雨日对窗
075	游西施故里
076	立秋
077	闰夏居舍消闲图
078	耕种
078	烈秋
079	处暑的云
079	处暑晚霞
080	乞巧
081	白露
081	秋伤
082	秋分
082	野花
083	秋播
084	假日出游（一）
085	假日出游（二）
086	假日出游（三）
087	中秋

088	十六吟
088	静修
089	弹古琴
089	深秋
090	残荷
090	四时
091	晨嬉
091	愿景逸园
092	自画像
093	感时
093	新年贺词
095	友朋来聚
096	腊梅
097	大寒
097	等雪
098	问雪
098	咏雪
099	叹雪
099	养雪
100	烹雪
100	送雪
101	寒假
102	贺年

目录

103　别友
103　年夜
104　乡居
104　惊蛰
105　海棠
105　春分
106　春窗风雨夕（雨水）
108　樱花
108　访玉
109　清明
109　落红
110　会友
111　绿肥红瘦
111　黔北山中
112　沉醉
113　茶仙
113　红樱桃
114　笋与竹
115　山中
115　山寺
116　家舍（一）
117　家舍（二）
119　家舍（三）

120	家舍（四）
121	家舍（五）
122	夏荷
123	闲思
125	无题
126	茶茗
127	秋香
128	致六〇后们
129	忆
130	偶思
131	我想
133	校园青春
135	回乡
136	缘来缘去
137	小巷雨
138	诉
139	时光过去
143	滨江漫步
145	落叶
146	冬至的夜晚
148	梦
149	老宅

散文诗

- 152　春天，小孩子的画
- 156　一棵桃树和九十六朵桃花
- 160　春，悄悄……
- 163　春天来了
- 166　春雨中
- 169　寻春
- 172　樱花飘过
- 177　怀友
- 181　外婆的巧云
- 187　七月，梅雨的季节
- 189　晨光　园丁
- 192　太阳
- 195　黄昏　写生
- 198　揉进黄昏的思绪
- 201　黄昏的忧虑
- 202　不该想的，不该忘的
- 204　秋的旋律
- 206　秋叶，沙沙……
- 209　困惑
- 213　成熟得正是时候

216 "维特"远去了
218 旅程刚刚开始
221 三十岁的母亲
223 浓香与沉醉
225 樟的香
227 珍藏的绿叶
228 飘飞的彩云
229 我要去远方
230 砂砾集
234 白色的思绪
237 校园有片水杉林
241 雨夜神曲
244 我爱的田野
247 登鸣沙山

250 后记

诗歌

水 仙

色比腊梅几分雅,
香逊秋桂不慕夸。
清水一掬无多求,
案头小景亦入画。

2015年1月21日

假 日

孤香一炷愁如烟,
清茶盈盈润心田。
伺花弄草度假日,
莫管窗外北风寒。

2015年1月29日

撷 美

漫赏春花灿烂,
细品秋叶静美。
待到雪花飘过,
又是一场初见。

2015年11月23日

初冬绵雨

春雨绵绵秋色中,
冬夜沉沉桂香浓。
时光错落别有致,
更兼雾霾四时同。

2015年11月24日

久雨得晴

一把金丝撒过来,
久违情人喜相会。
淡妆素裹深情意,
拨云穿雾终不悔。

2015年11月27日

秋 景(一)

银杏复泛金,
红枫剪丽影。
无意苦争春,
却把秋来赢。

2015年11月28日

秋 景（二）

霜叶尽染似妆成，
落泥淡淡襟怀温。
举头揽胜已入画，
低头阶下觅诗文。

2015年12月14日

秋 景（三）

玉兰映翠笑梧桐，
枫叶堪比花儿红。
寒梅镜前拈粉扑，
雪花飘飘路途中。

2015年12月15日

复兄新年礼

自然天成岁月化,
慧眼识才尤堪夸。
案头添景自欢喜,
血脉深情心头挂。

2015年12月31日

御 寒

门外寒意层层侵,
杯中茶尖叶叶青。
浮沉吐纳自在乐,
亦堑亦智不关情。

2016年1月7日

老 母

近忧三更熄灯无,
远虑三餐饱腹否。
不见慈母手中线,
越海穿洋绕儿揉。

2016年1月9日

老 父

站台背影旧,
橘香隔代留。
老父舔犊情,
感知日月久。

2016年1月10日

迎 春

篱下芳草昨日萎,
枝上新芽逢春开。
向晚何处觅闲愁,
鸭喧雀噪竹影斜。

2016年2月6日

早春探梅

循香识得绕山路,
薄雾氤氲春风舞。
胸有美辞千万条,
抛向芳颜无一语。

2016年2月7日

回故乡（一）

越山幽幽接云天，
浣江粼粼不复眠。
初阳含笑挥毫嬉，
满园洇成碧玉翠。

2016年2月8日

回故乡（二）

山溪淌水清悠悠，
茂竹兜风静悠悠。
乡音呢侬情悠悠，
小辫频甩梦悠悠。

2016年2月11日

回故乡（三）

一带清流坠石隙，
万珠闪灼堆如雪。
修竹浅吟山风和，
小亭翼然意难歇。

2016年2月18日

春 色（一）

海棠更胜樱花艳，
桃红方觉春已来。
弱柳轻摇戏池水，
嫩草涂色日日鲜。

2016年3月31日

春 色（二）

暖风裹香细雨霏，
抖落喧嚣归故里。
山塘含莲不见荷，
菜花烁金云英紫。

2016年4月2日

紫 藤

晚樱落霞芳踪逝，
紫藤垂绦畅怀开。
色迷男女无限痴，
香诱蜂蝶不尽来。

2016年4月19日

春 梦

杭城四月柳色深,
湖畔小居月锁门。
轻步低吟旧时诗,
回首蓦见梦中人。

2016年4月23日

自 题

舞文识得字三千,
弄墨不堪书门联。
啼声婉转邻家雀,
种花喜见草色鲜。

2016年4月29日

立 夏

花魂缕缕随春散，
绿荫片片迎夏来。
岸柳痴痴千臂早，
池荷姗姗娇容晚。

2016年5月4日

家 园（一）

屋后云雀嚓声唱，
枝头小果见风长。
若问花影何处觅，
待到秋来满院香。

2016年5月9日

家 园 (二)

细雨飘进初夏里，
桑葚落尽杨梅紫。
南瓜花开蜂蝶聚，
青柚小果挂满枝。

2016年5月10日

悼杨绛

杨柳轻扬魂化烟，
绛珠垂泪夜无眠。
仨人团聚当可喜，
一家续缘终安详。

2016年5月27日

访李庄

踏上蜀道登青天,
笑向绝壁屏障添。
岁月似水东归海,
乡愁如梦驻心间。

沧海桑田七十年,
前辈弦诵日夜牵。
千里寻访李庄行,
同心同德一脉延。

古神庙里书桌见,
香案几上好实验。
高谈阔论茶馆里,
寒窗油灯苦当甜。

禹王宫里新戏演,

沙渚滩头诉爱恋。
河坝皮球投成景,
畅游长江若等闲。

历尽艰辛志更坚,
科学路上敢当先。
治愈瘴病送福祉,
八大院士令人羡。

当年印迹已变迁,
逝者如斯不复现。
重返故里多感慨,
同济天下永不变。

2016年5月28日

蜀南竹海

茂竹深深深似海,
清风柔柔柔如绵。
碧水润润润若玉,
白云悠悠我的爱。

2016年5月29日

春 欢

晨光初露暖风漾,
草肥苗壮花儿香。
但见小蜂点蕊芯,
笑问欢歌谁在唱?

2016年6月11日

乡 愁

古人不识今时路，
今人得见旧时屋。
乡音飘散烟尘濛，
乡愁渺渺系何处？

2016年6月11日

孤 夜

夜阑无眠凭窗空，
卷帘揽梦各不同。
安得清辉毋泅愁，
虔虔小女跪天公。

2016年8月1日

思儿吟

月裁千山瘦,
日鼓万径稠。
空室欢不聚,
满腹忧难休。

2016年8月19日

赞女排里约奥运夺冠

亭亭倩女上赛场,
玉为肌骨铁为肠。
娇声柔语亦叱咤,
脂痕粉渍金牌香。

2016年8月21日

葵 花

纤纤玉树临风立,
姣姣金花向阳开。
登堂入室大师祟,
口舌生香百姓爱。

2016年8月28日

西施故里

田田荷叶,点点粉妆。
团团翠柳,翼翼亭廊。
薄薄晨雾,淡淡清香。
悠悠我心,滋滋清漾。

2016年8月30日

香 榧

越山厚土实娇生,
暖阳丰水堪惯养。
春春花艳三载果,
仲秋时节榧子香。

2016年9月11日

中 秋

冷露无声湿花台,
举头望月空期待。
漫斟杯酒邀不得,
忽有桂香透窗来。

2016年9月15日

郊 游

朝九赚粮草，
晚五拾喜好，
假日朋相邀，
驱车赴野郊。
白云散淡飘，
松鼠枝头闹，
秋虫欢声叫，
华发少年巧。
小溪曲折绕，
鱼儿恣肆跳，
滴水石上敲，
老眼难对焦。
林深人迹少，
山屏隔喧嚣，
路远风轻了，
开眉相对笑。

2016年9月16日

秋分自家窗口观日出

小雀细语漫过来,
趿鞋蓬头把窗开。
展眼望去呼已出,
疑是梦景未及退。
晨披彩霞逐梦来,
大戏帷幕已拉开。
粉墨登场舞长袖,
生旦净丑各有位。

2016年9月21日

秋

一盆金光满地辉，
两旁篱笆红复翠。
三秋桂子顾自开，
四时轮回何作悲。

2016年9月22日

家 院

雨湿苗欢长，
露冷桂愈香。
青柚压满枝，
小院假日忙。

2016年10月1日

寻 古

山明水秀日光耀,
寻古访迹村寨绕。
几疑山尽路有歧,
清亮小溪好向导。
黑瓦白墙马头翘,
门大户深真土豪。
雕梁画栋楹联旧,
戏台犹听曲声遥。

2016年10月3日

兰 溪

地下长河黑如漆,
踏险探幽留人迹。
壁有微光导游人,
借得弱光育青苔。

2016年10月5日

欢 春

田畦绿衣盖,
路旁豆花艳。
日暖风儿和,
江南秋来迟。

2016年10月6日

观 景

池水无风仍脉脉，
蕉林不雨亦潇潇。
情缘难续复历历，
欲海苦渡更漫漫。

2016年10月6日

偶 吟

家有老母我还是块宝，
家有兄姐我还能撒娇。
皓齿不全鬓毛亦已衰，
亲情拥怀岁月催不老。

2016年10月7日

桂 花 (一)

醉香浸眉梢,
丹霞缠眼角。
闲步西风轻,
坐看云天高。

2016年10月16日

桂 花 (二)

夜露披凉育苞蕾,
日晖裹暖催花开。
不言苑圃更墙角,
千树万树送香来。

2016年10月17日

桂 花 (三)

昨夜花香飘梦里,
今晨雨湿旋作泥。
落英更比枯叶残,
无人葬侬无人泣。

2016年10月20日

桂 花 (四)

芳颜零落任践踏,
化作春泥难护花。
转眼缀锦成空枝,
明年花开已是他。

2016年10月21日

桂 花（五）

醇香犹萦万众夸，
花魂无寄谁怜她。
苍天有眼哪有情，
凄凄冷雨连日下。

2016年10月22日

茶 吟

手捧杯茶意忽静，
碧水润叶眼眸净。
闻香识体胜知己，
草木有情亦有灵。

2016年10月23日

菊

只宜庭圃只宜盆,
清肌孤影一缕魂。
不与桃李争春风,
凌霜傲世对月痕。

2016年10月29日

四时谣

春色一梦遥,
夏荷池中悼。
莫叹晚来秋,
霜露凝琼瑶。

2016年11月3日

秋 思

窗锁花叶凋,
帘拢风铃摇。
向晚心喜静,
焚香轻烟袅。
知音古来少,
开卷相遇早。
竹林风过处,
茶闲俗尘消。

2016年11月3日

立 冬

冷雨未干朔风吹,
梢头枯叶纷纷坠。
知秋应怜华容萎,
留春更惜草色翠。

2016年11月9日

观港珠澳大桥

一带飞渡舞风姿,
恰似神龙见首尾。
极目远山相对卧,
踏海成途更叹奇。

2016年11月10日

致书房绿萝

我本痴情侬傻意,
日夜相伴又相惜。
清水一瓢喜欲狂,
伸枝展颜无所忌。
绿绦垂下惊柳丝,
碧玉飞溅逐涟漪。
笔酣尤闻群雀喧,
书香更映满室翠。

2016年11月13日

小 雪

春色桃李不堪忆,
浓盖梧桐翠离披。
篱畔霜重花无痕,
庭前烟寒风有迹。
谁解片影一叶愁,
怎载长梦万绪思。
临窗抚琴潇潇吟,
高天淡云雁阵迟。

2016年11月20日

思 儿

乍暖还寒夜已长,
灯火慵散桂又香。
移兰入室覆泥厚,
踏梦万里为儿装。

2016年12月8日

冬 至

寒灰冷雨天亦悲,
孤香祭翁心尤哀。
天命难知梦尚在,
半百虚度意不悔。

2016年12月21日

致狗尾巴草

栖身沟路沿,
躲命野火边。
晨露又夕照,
乞乞生气渐。
冷眼余波浅,
毒舌唾沫淹。
入室又登堂,
怜怜风姿添。

2016年12月29日

元旦贺

枝残叶枯旧年凋,
梦落红尘老钟敲。
新日无颜黛山瘦,
古月有色玉湖照。
寒鸦阵阵远料峭,
花雀噪噪慰寂寥。
寄言晨风会友朋,
日日岁岁福相绕。

2017年1月1日

假 日

冬雨匝地轩不启，
霾雾深锁天幕低。
点炉煮茶暗香闻，
莫辨晨昏莫辨谁。

2017年1月7日

家养花草

花开有时堪期待，
叶光泛波欲滴翠。
质蕙何须怨春风，
自华更籍满腹采。

2017年1月14日

咏 雪

朔风烈烈侵肌寒,
围炉添柴衾未暖。
长空万絮舞纷纷,
大地一片白茫茫。
瑞兆吉年银披装,
琼耀坤轴玉雕栏。
欲问素颜几时妆,
梅吐胭脂风染香。

2017年1月22日

丁酉年贺鸡

红冠顶戴唱天白,
金爪泥立印地肥。

2017年1月27日

山 居

冬阳薄翼怯霾尘,
层岚漫腾卷烟尘。
踏阶觅迹惊遗尘,
浴心洗灵远红尘。

2017年1月30日

陪母赏梅

一枯一荣一岁痕,
披霜披雪披红粉。
老树繁华满生气,
米寿慈母益精神。

2017年1月31日

白玉兰

不羡红颜脂粉香,
但爱素净白玉样。
俏立枝头探春早,
傲踏嫩寒任俯仰。

2017年2月18日

寒 假

闭门欲问仙,
寂然空不见。
但怜草色旧,
却作终日伴。
岸柳枕水眠,
桃李未妆颜。
阶石残叶尽,
独枝锁春寒。

2017年2月19日

早 樱

小苑一夜春风暖,
吹开万千粉玉颜。
烟树迷蒙霞色浅,
疑是仙境筑凡间。

2017年2月26日

吊梅花

凌寒熬得朱颜逝,
薄情燕子终误期。
草色遥看祭芳魂,
晓露泪泣湿地衣。

2017年3月3日

周日游

日影倚楼,心神难守。
洗净眼眸,飞扬出游。
春光悠悠,暖动衣袖。
廊聚白首,丛映童秀。
梅隐香留,玉兰枝头。
柳堪丝柔,亭榭梦藕。
芽新竹幽,邈邈不休。
虫鸣鸟走,啾啾以述。
坡高水流,波涌岸收。
风卷清愁,云闲忘忧。
斜阳月瘦,烟笼田畴。
与你牵手,天长地久。

2017年3月4日

三八节

三八节来到,
段子真不少。
翻来又复去,
调侃实老道。
抿嘴浅一笑,
女子就是好。
说东不道西,
天生我自傲。
知己不需招,
闺蜜诚相邀。
一二三四五,
快乐最重要。
时令恰美妙,
早樱催粉桃。
江中水已暖,
柳絮随风飘。

三八节来到,
开怀待拥抱。
说走就走起,
烦恼全抛掉。

2017年3月8日

思 儿

儿行一程又一程,
娘追一梦继一梦。
泪湿一痕覆一痕,
眉锁一层叠一层。
心牵一轮紧一轮,
肠断一寸复一寸。

2017年3月11日

柳　丝

点点碧玉缀成丝，
条条垂下诉相思。
少年不解伊风情，
笑折软枝做游戏。

2017年3月18日

桃　花

二月春风裁柳丝，
不忘随后涂桃枝。
花映粉面年复年，
今岁更待何人醉。

2017年3月25日

赏 花

梅樱桃杏分不清,
不减傻傻半分情。
路旁墙角一笑逢,
亦遇亦求把春赢。

2017年3月26日

桃花源

秦人旧舍武陵源,
洞里春秋逝水缓。
留得春风种花树,
无论魏晋无论汉。

2017年3月28日

樱花季节怀友

枝头复凝霞,
君已走天涯。
独步黄昏后,
俩俩相牵挂。

2017年4月9日

落　英

漫吟芳颜诗千首,
独祭香魂茶一杯。
谁怜孤影阶下忧,
慰语明年花重开。

2017年4月10日

雨后樱桃园

风柔云轻小口红,
珠光宝色惹人宠。
春雨不识农家愁,
夜来无声落苦痛。

2017年4月20日

冬与春

昨夜西风落碧树,
今晨春雨润细柳。
枯叶护出小草绿,
莫道春色添闲愁。

2017年4月20日

贺同济110校庆

南北楼前,梧桐新披;
三好坞畔,修竹翠滴。
五月春满,二十吉期;
母校生日,百十风姿。
八方学子,缘同一脉;
无论天涯,无论咫尺。
寄言祈愿,轻轻触指;
红包祝福,厚厚情意。
高塔可聚,暖裘可积;
远航鼓帆,高翔添翼。
追梦路启,你我勠力;
期待明天,更美同济。

2017年4月28日

歇玄武湖

暂卸行囊畔玄武,
闲步曲岸沐金露。
涟波漾漾春水柔,
洗落浮尘踏归途。

2017年4月29日

家

有老可扶福满堂,
有幼可携慈难挡。
皓首何须叹日月,
嫩眼更把虚空望。

2017年5月14日

年 光

光阴留痕不留情,
朱颜离镜鬓霜新。
青鸟无奈柳枝碧,
玉壶从来润冰心。

2017年6月10日

雨日对窗

书魂共墨影一隅,
茶韵与烟缕同香。
雏燕待飞雨敲竹,
闲日锁步风扫窗。

2017年7月1日

游西施故里

浣纱溪畔好迟留,
薄衫飘飘舞风流。
岸上垂柳叠翠厚,
池中伞荷遮青瘦。
叶凝晨露碧玉羞,
蕾映丹霞彩珠妒。
笑语撩动花影游,
苦心粒粒谁与诉。

2017年7月15日

立 秋

夏正夏兮秋已秋,
西风挂帆复踌躇。
金蝉噪噪随东西,
紫薇簇簇伴左右。
芙蓉落英流水去,
红菱点妆翻波出。
多情应怜缘来时,
何须耿耿夏与秋。

2017年8月10日

闰夏居舍消闲图

阶下榴枝结子满，
窗前紫薇吐霞烟。
畦中芋头出土香，
架上南瓜裹色黄。
后院青柚身羞见，
石缝野菜玉盘鲜。
水自清流山自眠，
我自家舍乐比仙。

2017年8月12日

耕 种

挥锄向焦土,
浇园怜禾枯。
星点绿田陇,
怎分乐与苦。

2017年8月14日

烈 秋

日光灼灼映重门,
萧疏露台空砂盆。
梦香一炷卷红楼,
借来绛珠还泪痕

2017年8月18日

处暑的云

浮云叠叠又重重,
处暑躲进桐荫中。
亦无风雨亦无晴,
移来飘去究竟空。

2017年8月23日

处暑晚霞

秋来无奈天公狂,
赤日炽烤无所防。
清早垂帘到黄昏,
推窗喜见正晚妆。

2017年8月23日

乞 巧

女儿好慕仙,
仰头向高天。
金风七夕新,
巧云今宵绚。
有情岂朝暮,
无缘奈凡仙。
守得牛女情,
千年耕织传。

2017年8月28日

白 露

秋月照池白,
青莲润玉露。
好风知我待,
笑叩万万户。

2017年9月7日

秋 伤

西风逼来夜雨团,
梧桐枝头雀声寒。
一朝青颜凋碧树,
多情白首泪眼看。

2017年9月22日

秋 分

秋来有心徒添愁,
分付庭前招风柳。
斜雨轻寒云无迹,
长夜无梦一杯酒。

2017年9月23日

野 花

几丛篱边几丛沟,
细叶娇怜堪承露。
纵是偷生亦自华,
一抹新颜破尘出。

2017年9月23日

秋 播

夜雨连绵，晓风敲窗。
理盆培土，素手栽秧。
但与苗约，认秋为春。
如此雨露，足利滋养。
适彼温度，芽萌根长。
但争朝夕，花叶添香。

2017年9月23日

假日出游（一）

腾腾车马喧，
踵踵人比肩。
云楼移苍穹，
月影走江川。
心与尘同飞，
身随道共远。
遥遥千万里，
行去不思还。

2017年10月1日

假日出游（二）

万心皆向愿，
梦寻桃花源。
利禄抛脑后，
诗魔出深渊。
乐似春梦短，
忧若流水长。
但得一隅安，
丘山情亦满。

2017年10月2日

假日出游(三)

软帽轻游屐,
葛巾沾山岚。
溪泉滴清韵,
竹风洗尘念。
烟香绕刹寺,
南无紫佛龛。
翼亭空寂时,
落霞红染天。

2017年10月3日

中 秋

三五玉盘挂中天,
皎皎精华复又添。
清江隔岸远闻笛,
黛山连峰近倚栏。
满庭曲廊空若愁,
通楼斜窗影自寒。
漫斟琥珀酒已醉,
但得有情人团圆。

2017年10月4日

十六吟

月有圆缺应天时,
满时三十只余一。
劝君更惜圆满时,
莫使月缺枉涕泪。

2017年10月5日

静 修

谷深芦花肥,
雾锁野菊逸。
云动湖光闪,
禅静了无迹。

2017年10月6日

弹古琴

粗指抚古琴,
雅舍拨新音。
行云流水去,
逸乐亦养心。

2017年10月15日

深 秋

片叶阅尽满地秋,
杯茶欲洗心上愁。
华枝无悔颜色去,
春水盈盈梦中流。

2017年11月22日

残 荷

田田清香雨声稀,
碧翠滴尽老影凄。
亭亭时节复亭亭,
莫等黄昏夕阳西。

2017年11月23日

四 时

春看花开秋扫叶,
夏听蝉鸣冬堆雪。
时时拂尘时时好,
心似明镜照日月。

2017年12月2日

晨 嬉

假日慵散赖床头,
万事随梦抛脑后。
小雀喳喳闹窗外,
花帘重垂撩起否?

2017年12月3日

愿景逸园

一山一溪一屋见,
一院一亭一方天。
一茶一书一炷烟,
一味一思一魂牵。

2017年12月10日

自画像

年光易逝奔花甲,
青丝犹守真如假。
醉意山水草与花,
香指染泥亦优雅。
游思追云走天涯,
润心浴念一杯茶。
闲来聊发少女嗲,
偶得佳句笑哈哈。

2017年12月17日

感 时

无有妙笔写春秋,
唯赖素指顺时序。
迷花世界述周易,
片叶菩提吟轮回。

2017年12月27日

新年贺词

有缘聚来你我他,
见字如面无天涯。
同圈共度好年华,
我们的二零一八!

2018年1月1日

友朋来聚

风雨如梅节令寒,
老友聚来室自暖。
笑语声喧茶润喉,
旧事新编苦酿甜。
花甲不输当年志,
白鬓更添今朝酣。
若问长梦尚何在,
幽香缕缕水中仙。

2018年1月2日

腊 梅

莺时百花舞芬芳,
墙角腊梅却无妆。
自惭桃红错春色,
羞比菊瘦负秋阳。
兜风尽洗尘与腐,
凌寒厚披雪又霜。
报得一段甜香浓,
剪剪冷艳润玉黄。

2018年1月3日

大 寒

天幕素挂无边白,
冷河葬月魂不逝。
冽风卷帘空楼台,
青纱无情云无迹。

2018年1月10日

等 雪

冬雨冷似铁,
朔风裹身斜。
穹窿雾满盖,
赶时蒸大雪?

2018年1月15日

问 雪

羞羞答答翩跹舞,
瓣瓣朵朵落英无。
衣襟尚湿迹尚在,
难容人间俗与污?

2018年1月16日

咏 雪

轻舞漫旋小精灵,
点点撩动童叟心。
隔窗犹见飞花繁,
近来细觅却无影。

2018年1月25日

叹 雪

幸落花丛美中景,
冷敷娇梅几多情。
飘零街衢染尘污,
谁怜脚下泥里吟。

2018年1月26日

养 雪

夜半铺陈晶莹雪,
晨光相映梨花台。
自家门前自家银,
擦净鞋底不忍踩。

2018年1月27日

烹 雪

捧把新雪壶中烹,
热烟绕萦祭冷魂。
青瓷杯倾玉露滑,
茶品梅香比仙人。

2018年1月27日

送 雪

从命历劫凡界下,
仙步风流无牵挂。
处处落身处处寒,
浸香入泥随缘化。

2018年1月28日

寒 假

假期在望,意绪闲逛。
远离厅堂,常在书房。
平息情浪,素心安放。
食以稻粱,衣之麻裳。
飞尘隔窗,门锁风霜。
薄纱透光,疏影画墙。
宝绿蕊黄,水仙花扬。
悠悠琴响,抚茗闻香。
饱砚几上,挥毫墨畅。
页短篇长,伴我徜徉。
锦绣文章,满纸才漾。
神思潮涨,涵之学养。

2018年1月29日

贺 年

新春已傍,情思难网。

何处回往,唯有故乡。

村口老樟,百年绿常。

庭前篱长,畦苗新涨。

石槛老房,旧梦绕梁。

木柱连廊,喜联挂堂。

老母慈祥,兄姐情泱。

稚儿欢畅,乐盈面庞。

灶满锅香,汤沸酒敞。

烟花闪亮,爆竹震响。

喜气洋洋,祝福送上:

戊戌运昌,宝狗福旺。

2018年2月13日

别 友

十年浮缘一夕了,
日自东升月自好。
一带浅水隔东西,
两弯长路各各绕。

2018年2月14日

年 夜

团团圆圆分岁饭,
欢欢喜喜压岁钱。
红红火火送祝福,
热热闹闹过大年。

2018年2月15日

乡 居

田园润画笔,
柴禾煮诗意。
抖落一身泥,
寂寂喧嚣里。

2018年2月26日

惊 蛰

雷电齐驾惊蛰来,
百虫推梦睡眼开。
玉兰点点俏争春,
黄梅余香共红梅。

2018年3月5日

海 棠

初蕾微露寒月下,
春光一丝满树花。
日日绕顾千百回,
连进梦里结牵挂。

2018年3月14日

春 分

春光敷面胭脂暗,
新色亮闪谱亦满。
篱边枝头蜂蝶舞,
谁个青春不尽欢?

2018年3月22日

春窗风雨夕（雨水）

春草漫漫春花黄，
暖暖春光春日长。
已觉春色看不尽，
更喜风雨助芬芳。
助春风雨晚来舒，
映满春窗春梦绿。
抱得春情不忍眠，
自向春夜诉心曲。
花径深深风盈盈，
柳亭寂寂雨霖霖。
细语随吟声不歇，
纤指轻点拨闺情。
罗衣巧借春风力，
翩翩曼旋柔舞姿。
倩窗拂帘风不倦，
笑靥对镜共花丽。

窗下春竹露初颜,
穿雨节节望向天。
淅沥春雨无尽止,
春水新涨绿新添。

2018年3月28日

樱 花

闲坐樱树下,
花盛如蒸霞。
待君翩翩来,
与我说情话。

2018年3月29日

访 玉

山高谷深水为魂,
浪洗沙磨质无尘。
看尽千秋浮沉事,
显山露水依旧温。

2018年4月2日

清 明

细柳垂金映碧池,
桃花桃叶总分离。
墦前新烟笼轻寒,
杜鹃声泣断肠时。

2018年4月5日

落 红

多情应知春薄情,
撩动芳心风流尽。
忍看玉颜成红雨,
且向妹妹借花锄。

2018年4月9日

会 友

虚生能几回,
与你重相会。
雪融梅香去,
风和玉色来。
醉游忘情园,
悠坐相思台。
淡看风云逝,
无尘亦无猜。

2018年4月10日

绿肥红瘦

半城绿肥半城絮,
风摇红瘦芳魂去。
寂寞花枝空蝶恋,
暗洒闲愁无声处。

2018年4月12日

黔北山中

一弯一弯又一弯,
一山一山又一山。
一路纠缠无尽头,
山自擎向白云天。

2018年4月13日

沉　醉

闻香探巷到茅台，
酒未开樽情已醉。
灵泉聚精赤水甘，
红土凝粹稻粱肥。
百代朝贡出深山，
千年传承定金碑。
手捧玉液对江月，
开怀邀得诗魔来。

2018年4月15日

茶 仙

清明芽新谷雨仙,
气定韵足只等闲。
翠竹亭外待客至,
一杯香茗空流年。

2018年4月17日

红樱桃

花谢枝不空,
果满菩提圆。
一粒天地共,
万生皆因缘。

2018年4月28日

笋与竹

春雨不吝贵如油,
夜来细洒润地酥。
老竹亭亭正滴翠,
新笋触触恰崭露。
窗前数竿君谓雅,
舌尖一味谁言俗?
清韵满盈待凤栖,
柴门碎影炊烟瘦。

2018年4月29日

山 中

一带远上云间居,
闲看碧池藏幽谷。
宛若一腔相思泪,
蓄积清冷万年孤。

2018年4月30日

山 寺

翼角飞翘虫声稀,
草径远循滴水溪。
一绝红尘万念枯,
善缘正续香雾里。

2018年4月30日

家 舍（一）

守土劳耕宜养拙，
提壶灌洒遍角落。
一双赤脚晨露印，
两只素手夕影拖。
紫茄浑圆向地实，
青椒纤尖朝天果。
逢面一缘梦有痕，
笑点落蒂有几多。

2018年5月26日

家 舍 (二)

时令复仲夏,
柴门话桑麻。
披垄蔓与藤,
满园豆和瓜。
日照溪边树,
露湿架上花。
燕呢催耕锄,
偷闲抿苦茶。

2018年6月2日

家 舍（三）

接阶小院闹欢意，
披绿点红夹黄紫。
翠叶郁郁瓜垂地，
引藤盼盼果串枝。
瓜熟蒂落篮已满，
蜂鸣蝶舞花不息。
烛光浅照盘中餐，
围桌小啖别有滋。

2018年6月9日

家 舍（四）

绿茵涟波月季红，
果满花繁香染风。
松土撒种时不待，
筑沟润苗日更匆。
鸡鸣晨早身未迟，
雀喧黄昏影不空。
廊下小酌萤为灯，
醉沉酣梦夜色浓。

2018年6月16日

家 舍（五）

半篱青蔬半篱花，
一曲紫藤墙角爬。
两荫榴伞红钟摇，
三仞柚塔绿灯挂。
石缝幼苗纤腰细，
畦边初蕾颜值佳。
竹椅小凳清风侍，
闲煮时光一壶茶。

2018年6月17日

夏 荷

佛国仙界一抹霞,
降落人间净无瑕。
恍若去岁旧相识,
恰是今朝新入画。
翠屋凌波傲对春,
霓裳娇容嫁与夏。
蝉鸣柳舞风来接,
漫卷清香送万家。

2018年6月20日

闲 思

上天赋命你我他，
分若芥草与庭花。
莫因贵贱生悲喜，
有缘无迹终究化。

2018年6月22日

无 题

用布满皱纹的泪水
洗去眼眸的尘霾
找寻十七岁的清纯
只为看看花，看看树
不再试图
看清人

2016年4月3日

茶 茗

雨天
泡一壶茶
我们,坐在窗下
谈谈情,说说爱
没有回忆来纠缠
没有梦想来嬉闹
茶,也只是茶

2016年6月1日

秋 香

风
路过我的窗口
卷起一声叹息
裹进落叶里
一枚金黄色
飘落心湖
溅起一缕秋香
还有
层层漾开的忧伤

2016年9月27日

致六〇后们

华发茂,沟纹密,
步沉语缓身肥了;
夫妻恩,恋人痴,
日伴夜牵梦回了;
父母衰,儿女飞,
眉焦心煎情未了;
兄姐念,弟妹思,
根同脉连意遂了。

2016年11月8日

忆

风
吹皱了一脸春色
雨
洗白了满头黑发
我,凝望着时光深处
恍惚有歌声　隐隐
飘回

2016年11月30日

偶 思

把忧伤
揉成一个个幼小的字
欢欢畅畅
被泪水
洇成一行行模糊的诗
短短长长
漫吟起
缠成一串串丰腴的结
惆惆怅怅

2016年12月17日

我 想

当雨下来的时候,
我想变成一团海绵,
舒畅地吸满每一个空隙,
用涨溢的轻盈,
洗去污积的油腻。

当风吹过的时候,
我想变成一片树叶,
停在弯弯的高枝,
摆摇身子,
用轻吟的祝词,
作别无涯的浪迹。

当日圆红的时候,
我想变成一枚腾腾的花蕾,
披上金色的羽衣,

用新鲜的开启，
绚烂芳华的一季。

当月清皓的时候，
我想变成一江春水，
缠绕在谷底，
用微漾的涟漪，
编织摇篮的绵里，
裹进月的梦呓。

2017年5月15日

校园青春

晚风洗过的小路,
飘盈着清悠悠的晨雾,
你低头捧书读成画幅,
传过来一串串美妙音符。

那一天我们相遇,
如一粒小小的透明水珠,
划过风摇声声的翠竹,
点开了我久闭的心幕。

牵着你的手漫步,
笑颜传递心的温度,
穿过黑夜去远方看日出,
行囊装着满满的祝福。

在长长的风雨路途,

总会有忧伤痛苦,
有你陪伴我不会再孤独,
未来梦想我们一起追逐。

2017年5月24日

回 乡

我把枯瘦的梦想,
带回了故乡,
埋进老屋门前泥土的清香。

夜晚的月色清亮,
虫鸣和溪唱,
大地照例演奏不变的交响。

奔波飘零在异乡,
百草正生长,
笑看那风卷云舒我心安详。

2017年5月28日

缘来缘去

这一段的情缘,
说不清是长还是短。
已经道过了再见,
就不要再有心牵。

爱情原是寓言,
我们真诚地表演。
心中纯粹的信念,
跌落成舞台碎片。

幸福拜成古典,
无从追寻的遥远,
迷雾虚空了双眼,
只留下泪光点点。

2017年5月30日

小巷雨

长长的雨丝挂下来
织进巷口青石板闪动的光影里
栀子花盛开的惨白
轻描着一地细碎
油纸伞下娇弱的一声叹息
撑开了一阕哀婉的词

2017年6月21日

诉

就算是一粒尘埃,
卑微到无踪又无迹,
只要你的阳光照过来,
我就会旋起金色的舞蹈。

就算是一株小草,
静默到无声又无息,
只要你的春天漫过来,
我就会吟起嫩绿的歌谣。

就算是一滴水珠,
平淡到无色又无味,
只要你的大潮涌过来,
我就会迎以舍身的拥抱。

2017年6月25日

时光过去

（一）

一抹忧伤，
飘在心腔，
液化了深藏的痛痒。

点一炷香，
供在龛上，
烟灭了十年的欢畅。

大河翻浪，
小溪轻淌，
流走了最好的时光。

(二)

太阳已经西降,
凤尾竹也没有了往日声响。

风干了的希望,
在秃枝间无力地来回转晃。

角落里的梦想,
在蛛网缝里默送光的散场。

(三)

前路无常,
大街小巷,
读不出原来的模样。

换上新装,

敷粉面庞,
掩不住眼里的苍凉。

雪雨风霜,
重雾迷茫,
辨不清初心的方向。

(四)

桃李年年芬芳,
蝶恋与蜂吟如若神界天堂。

青春代代激荡,
花前共月下畅怀未来向往。

记忆时时回放,
岁月易老唯有真情实难忘。

（五）

秋菊将黄，
风透西窗，
送来了怡人的舒爽。

浅底鱼翔，
篷帆远航，
驶向了永远的前方。

无可依傍，
不复彷徨，
长路修远且自漫赏。

2017年9月30日

滨江漫步

深秋的黄昏,
黄浦江上,
凉凉的清风吹送,
阵阵的涟漪涌动,
舒缓地,
一波连着一波,
铺展小夜曲的前奏。

原木的栈道,
水柱灯下,
斜斜的人影投射,
静静的等待什么,
她来了,
一手牵着一手,
笑出暖绵绵的心语。

时光的印痕,
旧轨道里,
深深的沧桑尽显,
慢慢的岁月流过,
沉淀下,
一代承着一代,
雕刻纳百川的情怀。

2017年11月9日

落 叶

不经意间,
你飘落在我面前。
带着些儿声响,
仿佛在说"再见"。
我看了看你的模样,
也记得你昨日的容颜。
轻轻走过你的身边,
我只想对你讲:
我们皆是一样,
到时都得离场,
不必悲伤,
且来共舞一曲欢畅。

2017年11月28日

冬至的夜晚

冬至的夜晚

来得格外的早

摩天大楼的灯光

蛇一般地舞动

十字路口的大屏幕

炫耀着不真实的粗糙

小街的路灯

如旧时村姑顾盼又躲闪的眼神

行道树的疤痕

赤裸裸不知羞怯地展露

不肯落下的固执枯叶

也学起了蝴蝶的翻腾

一只野猫

眼光射过来

两粒无声的子弹

寒凌地瞄着它的目标

它的时装步敏捷跳动

脚步与眼光不在同一个方向

真实的步声

躲进了街头的朦胧

2017年12月22日

梦

今天跟昨天没有什么两样
而昨晚的梦
跟以前的都不一样
今天的梦
会是怎样
都说人生如梦
哪来如梦的多样
我做着梦
人生就是此刻的模样

2017年12月25日

老 宅

瓦楞间的茅草
不知道落根在哪一朝
看上去那么的古老
它不时地左摆右摇
是在炫耀身姿的灵动妖娆
还是诉说岁月的漫长无聊

2018年2月9日

散文诗

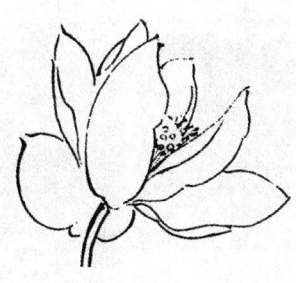

春天，小孩子的画

日日进校园，一草一木，一景一色，太熟悉了。都说熟悉的地方没有风景。其实，风景要用心去品的。美的，就是美的。我每天从西门进校，穿过环境学院楼，迎面就是一个巨型的铁树盆景，伞盖直径大约有四到五米，枝条浓密有序，奋力向上。主杆粗壮，叶色常绿，富于生机。铁树盆景的后面，是一棵银杏树，枝干挺拔，干净利落，就如一个俊秀的少年，敞亮朝气，有强大的气场，有超强的感染力。特别是深秋时节，当别的树叶焦黄枯萎的时候，它的叶面还是娇黄鲜亮的，黄得纯粹耀眼。即使在寒风冷雨的催逼下，凋落地面，也是面不改色，淡然从容，保有了靓丽的尊严。

自然，春天的景色会更加丰富一些，会赋予人更多的期待，如松树下的月季花，从抽出嫩茎到露出苞芽、长出花蕾、绽放花朵，日日换景，应接有暇。只是不知什么原因，月季旁的桃树今年没有开出一朵桃花。而我倒又有新的惊喜。

从大礼堂右侧往东走就是和平路。和平路的南边是校园内河。河边植有各种树木花卉，初春时节随时日的不同呈现不同的景象，而这个景象的变化，就如小孩子天真的描画习作，一天天笔力流畅起来，画面丰满起来。

描画的底图是黑白的，河边婀娜的杨柳、挺拔的水杉，自然是光秃秃的，只有黑褐色的枝干。冬青篱笆虽然叶子尚在，但也是灰暗僵硬。还有一棵棵不知名的花树，静静地立在那里，是沉入对曾经的华彩的回忆还是于无声处酝酿着新的篇章，反正是无声也无色。

春风吹来的某一天，小孩拿起了画笔。

他先在河边垂柳的枝干上动起手来。他是第一次描画吧，你看他拿笔的手，战战兢兢,试探性的,毫无把握的,小小的,细细的,浅浅的,若有若无的,有了一点点的绿意,细看去又或是黄色的。

　　第二天,小孩子没有耐心。他换了一个地方,还换了一支笔,胆子也稍为大了一些,在一棵高高瘦瘦的树上,画上了一个个的不规则的圆圈,大大小小的,简简单单的,这里一朵,那里一朵,也忘了涂上颜色。哦,这不正是白玉兰吗?高高地站在枝头。

　　又过了一天,他忽然想到,花是应该有颜色的,而且大多是红色的。他还不知道颜料调色的比例,只是稍稍加上了一些红色,由于心中没底,他又变得小心起来,画上的花儿也变得小小的了。于是,有一棵树上,渐渐地多了一簇簇的小朵小朵的浅红浅红的花儿。你看,不就是海棠花吗?

　　真是好看!

　　小孩得意起来了。

　　一天一天地画起来。

　　他也大起胆儿来了。再准备画画时,他加进去了大勺大勺的红颜料,也不再那么小心翼翼了,而是迫不及待地连续往上抹。终于,某一天,一丛灌木树变成了一条条粗粗的紫红色的枝条,努力地向上伸展。紫荆花不就这样热烈地大胆地盛开了吗?

看着自己的画越来越好玩了,小孩的胆儿更大了,也开始调皮了。他用画笔蘸上红色的颜料,涂抹到有些灰绿色的矮矮的冬青篱笆的头上,于是,僵硬的绿色冬青上头长出了大片大片亮红的尖尖,织成了一方崭新的红绒毯。这可是意外的惊喜。

大约是小孩的顽皮,引来了长辈的调教,他又开始认真起来。他在弯弯的随风飘舞的柳枝上,仔细地添上颜色,绿色清亮起来了,点点的叶面也长大成长条形的了。

他又在冬青的红红嫩尖上描盖上了绿色,红间绿的叶色别有一番风味。

他开始在高高大大挺拔笔直的水杉树上画上细细的笔画,只是笔力老道了不少,线条也更加流畅了。

春风暖暖地吹过。

小孩一天一天认真地画着。

一棵桃树和九十六朵桃花

我,曾经拥有过一棵桃树和九十六朵桃花。

是拥有,而不是栽种,因为在我搬到这栋房子时,院子里就有了这棵桃树。只有一棵,其余的全是杂草。

桃树很小,大约只有一米多高,枝杈也不多。大约因为楼间距太小,光照不足,再加上房子空关的时间较长,没有人照管,院子有些荒芜,桃树自然就显得颓丧,而且正值季秋,更加楚楚可怜。

我清理了院子,给桃树培了土,还种上了几株蔓藤。

来年春天,有一天,我突然发现,桃枝上冒出了几个小红点,米粒般大小,形状也似米粒。

我蹲下身子,把脸贴近桃枝,直到鼻尖碰上树身,拼命睁大眼,仔仔细细地辨认,或者说是鼻嗅更加贴切。

粉红的、饱满的、圆润的,清新的、柔和的、淡雅的。

是花蕾!是花蕾!是花蕾!

我围着桃树转了一圈又一圈,喜极而泣,热泪流进笑涡里。

那年月,那时节,我正疯迷三毛,"种桃种李种春风",那份无羁的悠游,那份无极的浪漫,那份忧伤的美丽,难以述表,似乎只有那种旋律、那种意境、那种诗情,才能吟哦,才能飘摇,才能释怀。

转得累了,晕了,满了,我又躬身一遍又一遍地用目光轻抚小小的小得几乎要看不见的花蕾,自然是不忍心用我粗壮的手指去触碰这些娇嫩的小精灵。细细地看,细细地找,这些小小的花蕾,竟也学起夏夜天空的星星般爱捉迷藏的游戏,一忽儿来了,一忽儿又不见了。

哦,我要数一数,有多少花蕾,将会开出多少花朵。

一，二，三，四，五……

这可真是一个巨大的工程，一个欢喜的工程，一个美丽的工程。

九十四，九十五，九十六。

九十六个花蕾，将要绽放出九十六朵鲜花，柔弱的，娇嫩的，温泽的。

于是，我每天的第一件事就是到院子里看护花蕾。

花蕾也如我所愿，一天一天光泽、红润、饱满、鲜亮起来。

终于，一周过后，第一朵桃花绽放了。令人怜惜的浅浅的粉、薄薄的瓣、细细的蕊、幽幽的香。当阳光暖暖地照过来，蜜蜂儿就循香而来，围着花朵儿唱出只有它们能听得懂的绵绵情歌。

终于，小小的桃树，开成了一棵花树，九十六朵粉粉的花，九十六张嫩嫩的笑脸，能消解任何忧伤与哀怨的笑脸。

从第一朵花儿开放，到最后一个花瓣落地，整整十天。从最后一个花瓣落地，我就开始期待来年春天。可惜的是，不久后，我又搬离了这个小院，自然也别离了桃树。

来年春天，我带着丰美的想象和热切的期待，专程去那个院子探望。而眼前回应我的，是一畦一畦绿油油的瓜菜，寻遍整个院子，却不见了那棵小小的桃树。

我站在院子外面，默然无语。

之后，我再也没有拥有过一棵桃树和哪怕一朵桃花。许是无缘相拥，许是心有戚戚。而每当"小桃灼灼柳鬖鬖，春色满江南"的季节，我就会想起那棵桃树，想起我的九十六朵桃花。

再后来，我把小小的桃树和九十六朵桃花根植在我的心园。时时想起，时时春天，时时花开，时时欢喜。

春，悄悄……

大自然真的是有灵性的。立春刚过，融融的暖风就如期而至，遍抚过在历冬的寒意里喘息着、挣扎着、酝酿着、准备着的万物。大地苏醒过来了，抖了抖自己变得木呆的、僵硬的、枯瘦的、死板的躯体。于是，安睡在她怀抱中的她的子孙们开始跳动、活跃起来了。

少女般恬静的湖水，也似少女般多情。春风刚刚融化去封冻紧固着她、残酷蹂躏着她的厚厚的坚冰，她就笑盈盈地轻荡起绿色的琼浆般的涟漪，舞动起柔美的身姿，为春天唱起久藏在心间的透明而纯亮的情歌。

贪睡的垂柳，被快乐欢欣的春风搅得无可奈何，梦呓着扭动起光脱脱的枝条，像在母亲怀中的小女孩拼命地扭动小小的身子，还间或发出咯吱咯吱的笑声，并用淡淡的鹅黄开始为自己梳妆打扮起来。

春风又吹过来了。迎春花惬意地做了个长长的深呼吸,多熟悉的声音呀。她揉了揉睡意惺忪的双眼,呵,原来是春风的脚步声和急急的呼唤声。于是,她来不及伸一伸懒腰,舒展一下四肢,就奇迹般地挂起了盏盏金黄色的小灯笼。

沉默了一冬的百灵,终于也不甘落后,她展开双翅,追逐着春风,穿梭在花枝丛中,飞翔在澄澈的天空,悠悠然地一展歌喉。

温润的春雨,踏着绵绵的步子来了。红色的、绿色的、粉色的、黄色的、紫色的,花,草,芽,蕾,苞,争相迎候,竞展新颜。

春天来了

(一)

又是美丽的春天,又是湿漉漉的天与地;又是读不完的花红叶绿,又是猜不透的深蕴浅藏;又是诉不尽的绵绵幽怨,又是填不实的空空诗囊。

我翻阅着春天的每一页,我细读着春天的每一行,我还恨不得把每一行的每一字都细细地嚼烂,然后认认真真地消化吸收,最终成为我身内的养料。这样,我就会有,与春天的天空一样辽阔高远的心,与春天的太阳一样热情明亮的双眸,与春天的土地一样碧绿无边的生机,与春天的草木一样葱郁常青的希望。我的生命之树永远挂满滴翠的叶、娇嫩的花,我就会像春天一样,永远朝气蓬勃。

(二)

曾经，我走在一条狭窄的弯弯曲曲的昏暗小路上。前头没有路标，没有里程碑，没有柳暗花明。举头是何处有尽头的绝望，低头是山重水复的忧虑。

曾经，我走进一片野火燃尽所有根茎的无边荒原。没有花香，没有草绿，没有燕子的呢喃，没有泉流的叮咚。举头是无序的白云，低头是无痕的脚印。

曾经，我翻开一本污迹斑斑纸页黄霉字迹模糊的小书。没有精美的装帧，没有含蓄的题词，没有生趣的插图。举头是幽深的叹息，低头是悠长的沉默。

(三)

春天来了。

春风，如醒酒的琼浆一样，带着一种清淡的香气，迎面拂来。一种痒酥酥的舒畅，即刻流遍全身。

春雨,如细柔又坚韧的蚕丝一样,织成了一幕水墨画的薄帘,朦朦胧胧。

假如,温情的阳光穿过迷蒙的雨帘,会有七彩的长虹出现吗?

会的。那条小路虽然狭窄弯曲,终能曲径通幽;那片荒凉虽然凄楚苍茫,终能印证"春风吹又生"的希望;那部小书虽然皱褶遍布的,终能传播遥远的亘古不灭的故事。

会的。春天里,沉睡的将会苏醒,死去的,将会复活。

会的。春天里,一切的一切,都会有一个更加美好的开篇。

春雨中

这是早春时节,秋风吹下的落叶正在化作春泥孕育起新的生命。遍地铺彩的季节已被永久地冷落在记忆的角落,或者说,它还在遥远的前方招引着时间飞速地奔驰。

春阳朗照了两天,春风狂吹了两天,大地舒展了两天,人们欢欣了两天。然后,春雨来了,带着料峭的寒意,冷冷地告诫人们:且慢慢地迈开你的脚步,且慢慢地展开你的遐想,初春的寒潮,也会冻坏了你过早破土的希望之芽。

她轻轻地踱着步,寂寂地晃动在烟雨中。

远处是一幅灰褐色的雨帘,近处是绵绵的若有若无的雨雾。

走过的是一条泥泞的路,横在面前的也是一条泥泞的路。

"哇"地一声,好像是为她孤寂的步声

伴奏似的，一只寒鸦凄厉地悲鸣着，从她的头顶掠过。

她抬起头来，痴痴地仰视着隐在雾层后不肯露面的天空。

望不穿，这阴暗的雾；排不去，这沉重的寒。

那只寒鸦又飞回来了，但不再悲鸣，只在她头顶的上空盘旋着，盘旋着，久久没有离去。

寒鸦，寒鸦，你是为何而悲？是为了凄惨的孤单，还是为了不曾忘怀的记忆？

回答她的只有沉寂。

她又开始默默地走在满是泥泞的路上。

忽然，传过来一阵欢愉的笑声，划破了寂静，也划破了充塞在她心间的云霾。

她停下脚步。面前是茫茫的田野，敞开黧黑而丰沃的胸怀，静卧在朦胧的雨雾中。春雨浇过的黑土，散发出潮湿而凝重的气息。

"爷爷，天还凉呢，种子会发芽吗？"童稚的话音送出一个天真的问号。

"天神爷爷就是派春雨来告诉我们的，该播种了。"一个苍老、自信、有力的答案。

"滴答滴答，下雨啦，下雨啦……"

她循声望去，雨雾中活动着一老一小两个身影。他们在春雨中开始播种了。

呵，春天，播种的季节；春雨，播种的号角。

一种卸落重压后的轻松感在胸中升腾而起，她开始在雨雾中疾步穿行，走向那片属于她的泥土。

寻 春

春天,花的季节;春天,梦的季节;春天,诗的季节。我提起笔来,想在这茸茸的绿波中泛舟,在这浓浓的馥郁中漫游。落下笔来,却只划出一个严峻的太阳和一个单调的古潭。呵,春天已默默地转过身去,初夏已传来悄悄的脚步声……一股淡淡的惊喜和着深深的遗憾,在我的笔下融凝,涂抹出了"寻春"二字。

一个朦胧的黄昏,我漫步在有些空寂的田野。翠绿的稻叶间,有零星的嫩穗,粘着若有若无的细细的白花。从窄窄的田埂上走去,裤脚不经意地触碰到稻株,稻花随之悠悠地飘起,即刻又落下,有些分量,不似柳絮般无拘无束,飘洒自如。微风从远处吹来,稻叶也摆动起来,但几乎没有什么声响,有些沉默,不似竹叶般有热烈的回音。

应该不是农忙时节,田野里只有两三个人影在晃动。

田埂的前头,是一个四周被稻田围住的撑满小伞般碧绿荷叶的池塘。

我在池塘边的草地上坐下来,头顶与稻穗的高度一般,感觉自己也随即融化在这一片绿色之中了。这个世界,仿佛就是我的世界,我什么都可以拥有。我深深地吸了口气,闭上了双眼。

……

夕阳烤红西天,晚霞铺满江面。搬条小凳,坐在江堤上纳凉。天,蓝得没有一丝杂质,宝石般的星星镶嵌在天幕上,诱惑般地一闪一闪;性急的上弦月,匆匆地把自己挂在最高的杨树梢头;江风不由分说地拂过来,带着泥土的、稻花的、娇荷的清香,一层又一层的味道,调和的味道。托着圆圆的小脑袋,什么都可以想,什么都可以讲。暮色蒙上大地,融入天际的归帆。江水拍打堤岸,溅起无数的小精灵。小精灵们嬉闹着,踢踏开不紧不慢的节奏。梦乘着节奏而来。

……

呵,童年,人生的初春,一串晶莹的珍珠,一枝含苞的玫瑰,一个飘香的美梦。

我伸出双手,从池塘中捧起一掬凉凉的清水,指缝间流下的是一滴一滴的惆怅。

黄昏正在走向黑色的夜,苍白、疲惫、瘦削的月亮,正吃力地蹒跚着爬上山崖。懒懒的月光洒在我身上,摄下了一个灰暗而衰老的投影。清脆高亮的蛙鸣,编织不出童年的梦景。

仰起头,喝一口田野的风,装上春天的嘱托,也装上童年的梦,为了不再悲泣,为了不再忧伤,为了那个未知的明天。

一个孕育着太阳的夜。

我想追寻春天的风韵,而大地告诉我,我已加入夏天辉煌的旋律。

樱花飘过

春风熏香的节气。

阳光和暖,清风徐徐。

是引诱,更是招魂。

约了儿子,周日中午去同济校园赏樱花盛开。

(一)

樱花大道在南门进门处。我们从西门进入。对同济校园太熟悉了,从南门进,迎面就是盛放的鲜花,一目了然,没有曲径通幽的神秘,没有物换景移的过渡,没有山穷水尽的疑虑,没有柳暗花明的期待。从西门进,可以由远而近,可以寻香问佛,可以由虚而实,有渐入佳境之感。转过西南楼,隔着运动场,渐渐走近,像是电影的推拉镜头,渐渐进入高潮。我喜欢这种感觉，有一个消化、体验的过程，有一个心理的缓冲期。

穿过西苑食堂接近学生公寓楼的路上，不期而遇，有两棵枝干粗壮的樱花树，近墙而立，粉红的花瓣在阳光的照耀下，闪闪发亮，感觉有些晃眼。

我们惊喜。来到树下。有几个学生在摆姿势拍照。

有几只蜜蜂在花丛中穿梭。有隐隐的歌声响起，不知是蜜蜂的，还是樱花的。要不就是他们的和声。

儿子最近一直在谈论和声、旋律，我不懂。也许，蜜蜂和樱花想要告诉我。

"太美了，美得有些不真实。"

"我更喜欢花瓣自由飘落时的景象，或者是花瓣铺满地面。《秒速五厘米》里有这样的场景。"

我们很相似，看的不只是美丽的花，而是美丽的心境。

常常，空洞的不是眼睛，空洞的是心灵。

（二）

"你知道'秒速五厘米'吗？"

大约看到我有些沉醉的样子，儿子问。

"不知道呀。"我诚实地说。随着儿子由少年而成青年，他向我提问题时的眼神也由渴求而成考问。他常常提出一些生僻的或者前卫的话题，在我疑惑的似是而非的表情中，向我娓娓道来，对我循循善诱，那份得意，绝对超过他小时候我好不容易教会他认识一个笔划复杂的汉字时的心情。

"那是樱花飘落的速度。"

从小学到中学直至现在，时间、距离、速度三者之间的正比反比关系，一直是我的纠结，好像还有自由落体运动的加速度问题，樱花飘落的速度应该用加速度的公式计算吧。

"樱花飘落的速度就是爱情的速度。"

我还在兀自纠结，不敢开口，儿子又抛出了一个难缠的命题。爱情的速度？是爱情降临时的速度还是爱情飘落时的速度？是飞蛾扑火似地追求爱情的速度，还是一起慢慢变老的速度？

"你真应该看一看《秒速五厘米》这部电影。"

这话语的口气，像极了以前我为他解答疑问时要求他阅读某本书时的口气。

我看了看儿子，儿子看了看我。

（三）

我们走在寻芳路上。

远远地，看到了樱花的云，樱花的霞。暖了眼，也暖了心。

远远地，那一片樱花的朦胧，樱花的诗。闪亮了季节。

我们轻步走过去。

樱花退成了背景，人的身影，人的声音，跳动了，唱响了舞台。

蜂蝶退去了，和声退去了。人比樱花多。

我们没有靠近,我们不敢靠近。

我们心照不宣,在校园里漫步。看枫树的绒和芽,看新竹的枝和叶,看海棠的蕾和苞,看棕榈的衣和体,看柳树的纤与柔,看流水的漪与波……

"这样的季节,看这样的景色,身边如果不是老妈,而是女朋友,该多美!"

我看了看儿子。

十七岁的他一脸阳光,照得我的心也是明晃晃的。

春天,真魅!无论溪水还是花草。

樱花,真媚!无论盛开还是飘落。

生活,真美!无论青春还是年老。

怀 友

地球是圆的,世界很小很小。

那次分手的时候,你是这样说的,声音很细很细,仿佛是在喃喃自语。这在你是从来没有过的,但我还是极分明地听清了。我当即重重地点了点头,不知是在回答你,还是在安慰我自己。你没有看见,因为你始终紧张地低着头,看着自己的脚,小心翼翼地迈着脚步,绕过水坑,绕过石子,绕过落叶。

那天,飘着细雨,北方少见的绵绵的濛濛的细雨。记得你是特别喜欢雨天的,喜欢南方缠绵的雨天,可你却从未到过南方,你把这当做一种充满向往的遗憾。于是,我总爱在你的面前出神入化地描述南方初夏黄梅雨季的迷人风韵,雨浸湿的闪亮的小巷,小巷中走着的撑着油纸伞的丁香一样的姑娘,你也总是神情专注如醉如痴。多情的雨丝也感于你的虔心,常常惠顾你梦的天空,滋润得你的诗句如雨滴般透明鲜亮。而那天,当我们漫步在这缠绵的细雨中,你却只是默默地,默默地……

我们没有再说话。情到深处。别离的话,祝福的话,就让它们都融进这无声的雨丝和无边的沉默吧,就让我们用未来的岁月用我们思念的心慢慢地细细地品味吧。

那夜校园的小树林里好静好静,静得不真实。同学们都走了,带着好奇,带着向往,带着留恋,带着遗憾,带着颤栗不安、激动难平的心,走了。往日热闹的小树林,安静极了,连风也是软软的,雨也是悄悄的,这是我们不知祈盼过多少次的迷人的静夜呀!可今天,在这样的静夜里,我们却深深地低着头,默默地望着地。我清晰地听到了你的心跳声,大约你也是如此吧。

雨丝依然。

不知过了多久,你轻轻地递过来一方纸

页,沉甸甸的,湿漉漉的,像是要滴下水来。不知是雨水还是泪水。借着路灯昏暗的光,我读着:

"就这样欢歌就这样纵笑就这样别去匆匆

这就是相聚这就是相识这就是分离这就是生活

不要说不要说什么也不要说,

让我的每一分友情串起今后的每一个日子永远伴着你的旅程。"

纸页上又滴下了热热的水珠。

"我们还会再见吗?"

"地球是圆的。世界很小很小。"

可现在,我总是在想,地球可能不一定是圆的,世界也不再是很小很小的了,因为整整三年了,我们没有再见。

也许,等到再见面时,我会欢笑着说,"地球是圆的,世界很小很小"。

可是,我们什么时候能再见呢?

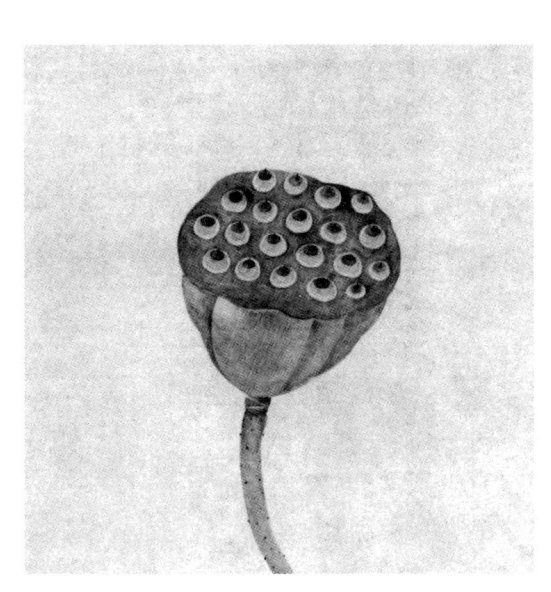

外婆的巧云

（一）

又到了七夕。

黄昏正在盖过来。

泡一壶茶，捧一本书，静静地坐在露台。

有云雀过来，停在围栏上，唧唧喳喳，逗我。

抬起头。云雀飞向天空。我循迹而望。

云雀过处，已是一幅锦绣。

一团橘黄，一团桂红，一团绵白，由西而东，铺排开来。如一波一波温暖的彩色的海浪，紧贴天空，翻涌而来。波浪向阳的一面，镶上了一道细窄光灿的金丝边，把灰暗的投影随意地背阴一撒。

空中海浪涌动不已，云团魔术般变幻不停，或浅或深，或厚或薄，或聚或散，或进或退，或明或暗，或金或红。

色调的饱满,层次的丰富,对比的强烈,格调的精致,铺陈的和谐。只能是鬼斧神工。

因为今晚?因为织女牛郎?因为相会?

一场相会,感动、震动、惊动仙凡,铺排得如此奢靡、惊艳、魔幻?

天幕渐渐闭上。

悬念开始升腾。

这是怎样的一场相会呀?!

(二)

黄昏整个儿罩了下来。

一股凉凉的风,兜头而下,似乎要把人整个儿地埋葬进去。

一种无力感在四肢蔓延,仿佛经历了一场危及生命的惊险,令人瘫软、喘息。

随后,又有一股暖暖的流,从心的深处浮上来,浮上来,终于裂开了一条缝。

缝越开越大,越开越大,变成了一幅拉开了的大幕。幕后显现的,是一个定格的黑白画面：一个老旧的木质窗框，窗框的正中是一个梳得整齐的光黑油亮的大发髻……

哦，一股岁月的醇香，洗去了记忆的尘埃，飘腾而来。

黑白画面生动起来，清晰起来，彩色起来。时光之流，快速地逆溯，秒进到50年前。

也是七夕。

那个油亮的发髻，是外婆的。

外婆转过头来，笑眯眯的，脸上没有一丝散发。中式的蓝布衫，领口细密工巧的葡萄扣。终于露出的一截古旧窗框的下沿，有微微的凹陷，光泽润滑。

"外婆，你看到巧云了吗？"外婆把七夕的云，称为巧云。

"看到了。"

"好看吗？"

"好看。"

又是一年七夕。

"外婆，你看到巧云了吗？"

"看到了。"

"好看吗?"

"好看。"

外婆总是笑眯眯的。印在5岁小女孩不多的幻影中的,是满足而神秘。

(三)

这一份神秘,被岁月洗刷得越来越淡,越来越淡。

而那个印痕,在某一天撩起时,却似乎比当时更为清晰。

惟有那个小女孩眼中笑眯眯的满足,闷了几十年,发酵成了一缕缕的辛酸和叹息。

外婆外公生在旧时,婚姻自然也是旧式的。婚姻的幸与不幸,则似乎与新还是旧没有多大的关系。只是旧时的人常常觉得本应如此,新时的人往往认为不该如此。

外公奔波在外打工谋生,外婆在家养儿伺老,聚少离多。当然,这些信息是小女孩长大后零零星星获知的。

小女孩认得的外婆，木讷少言，几乎可以整整一天不说一句话。外婆也几乎从没有讲过什么童话故事，惟有对牛郎织女的爱情，有过完整的讲述，对七夕巧云的守候，年年不变。

外婆的守候，燃起了小女孩对巧云的急切期盼。

"外婆，明年巧云来的时候，一定要叫我一起看哦。"小女孩在没有看到好看巧云的沮丧中培植希望。

"好的。"

只是，一年又一年，外婆总是食言。小女孩错过了一年又一年的巧云。

后来，小女孩渐渐长大了。外婆也带着她的巧云流逝了。

（四）

一片枯叶，飘进露台，落在书页上，无声。

巧云的碎屑？今天的？50年前的？

半轮明月，悬在树梢。

满盈的清辉，无处安放。

霓虹的浓艳，滥情的喧闹，是声色情人的节日。情人们裹在众人的狂欢里醉倒，独独不敢面对遥远的相思。

外婆的巧云，还会再有吗？还会那么好看吗？还会那么神秘吗？还会那么让人望眼欲穿吗？

今天的彩云，还是让外婆满足得笑眯眯的巧云吗？还是外婆年复一年守窗等候的巧云吗？

七夕的云，是载满着相思、柔情、爱意的撩人心魄的巧云，还是包裹着孤单、凄楚、无奈的令人神伤的巧云？

外婆的巧云，有人能懂吗？

"外婆，你看到巧云了吗？"

"看到了。"

"好看吗？"

"好看。"

"我也看到了。真好看！"

50年后，我终于看到了外婆的巧云。

七月,梅雨的季节

七月,梅雨的季节。

告别的时候,你微笑着,我也微笑着。但我知道,你的心中并不轻松,我的心也承担着过分的沉重。

我曾经设想过许多浪漫的欢快的告别仪式,也曾准备过明朗的洒脱的告别词。但那天,面对你眼中红红的血丝和木然的笑脸,我连一句也没有能够说出口,没有说"再见",也没有说"珍重"。你也是。

那么突然地,你转过了身。但我知道,这并不是洒脱,你是不想让我看到离别的泪,不愿让我为远行的你牵挂。可是,我的思念从来就没有遵循过你理想的航线,从你转身的那一刻起。

你走了。我看得见的只是一个背影,印在灰白的天空中,单薄、瘦弱。风吹起了一页白色的衣角,飘飘忽忽,似在向我挥别。

你走远了。我回转身,襟前湿了一片。

噢,七月,多雨的季节。

你走了。你说过,你会记得过去的每一份美好:群星闪烁的天空下,我们仰躺在绿缎般的草地上,任游思在星空与草地间穿梭追逐;暴雨泼洒的操场上,我们相携手臂,欢畅地在椭圆形的跑道上恣肆奔突;潮平浪息的海滩上,我们静坐远望,任海风轻轻地吹动细软的发梢。"过去了的,终将成为美好的回忆。"这里,刻印着你金色的年华;这里,留下了你青葱的旅程。哦,我要乘着风,追赶上你的脚步,并且告诉你:带上你的所有的美好记忆吧,不要忧虑梅雨过后,是夏日散不去的孤寂,是秋暮扫不完的落叶,是隆冬度不尽的清冷。不要忧虑,看,每一片记忆的云朵都是美好的。

你走了。

我又走上了这条我们曾无数次徘徊过的小道,呼吸着我们熟悉得有些腻了的空气。

雨又下起来了。

七月,梅雨的季节。

晨光 园丁

太阳出来了。多嘴的麻雀,怕是唱累了,也沉寂下来。初夏的晨风,热情地翻动着绿得发亮的梧桐树叶,传出来一阵阵窸窸窣窣的声响,好像老年人从安乐的睡眠中发出的称心的梦呢,又像是小孩子在轻声地互相传递逗人的悄悄话。

梧桐树荫下的小道上,金色的阳光穿过树叶间的空隙流泻而下,把路面描画得斑斑驳驳。风过处,树叶颤动,路面上的画幅也晃动起来,千变万化,自然生趣,似孩童信手拈来任意涂抹的稚拙之作,又似经艺术家匠心独运而成的巧夺天工的杰作。走在这奇奇幻幻的小道上,我的脚步也不知不觉地由懒洋洋变得轻灵有神,那迷迷茫茫的心胸也变得明朗了一些。

无论是多么沮丧的心,无论是多么灰冷

的情，无论是多么孤寂的魂，都会被这绿色的生命所激动，都会被温热的晨风所抚慰，都会被流动的清韵所感化。

穿过林荫，拐上了宽阔的柏油路。金灿灿的阳光洒在赤裸裸的马路上，空气中好像有过滤剂似的，柏油路面上反射出来的却是闪烁的银白色的光。反射出的闪烁的银白色的光与斜射而来的金色的阳光交织穿梭，形成了一种奇妙的光影的幻境，一种斑斓的童话的境界，一种扑朔的恍惚的梦景。

好久好久没有这样惊心动魄的感受了，也好久好久没有用心去感知自然之神的苦心了。俗语说，世事如棋，局局翻新。而现在，我想说，自然如斯，时时翻新。

"咔擦，咔擦"，仿佛是舒缓的轻音乐曲中突然蹦穿出几个杂音，划破了这一片奇幻的意境。

"咔擦，咔擦"，几个杂音连成了串。

我揉了揉眼睛，也揉碎了眼前这一片奇妙的迷离。我终于看清了，是两位年老的花圃园丁，手握超大型的铁剪，正在修剪路旁参差不齐的冬青树丛，声到叶落，随即闪动起许许多多绿色晶亮的星星点点。

"咔擦，咔擦"，园丁不紧不慢地操动寒光泠泠的大剪刀。一股新鲜叶汁飘溢出的清香四散开来。

娇嫩的刚刚出世的芽苗被生生地剪断了，流出了绿色的凝重的泪，溢出了全部的最后的气。

模糊中，我看到一个须发斑白的长胡子老人，手握一把巨型的青光逼人的剪刀，笑嘻嘻地向我走来："我是时间老人，你身上的枝杈越来越不齐整了，该修剪修剪了。"

一阵强烈的寒颤。

我定了定神。眼前还是那位园丁。

"咔擦，咔擦"，苗圃园丁认认真真一丝不苟地修剪着冬青树丛。

"咔擦，咔擦"，时间老人仔仔细细一刻不停地修剪着每一个人。

只有阳光依然如故。

太 阳

太阳像一个圆圆的金盘,浮在淡蓝色的天空中,撒下大把大把的小金片,把世界闪耀的光辉灿烂。

小金片散落在草坪,草坪上冒出了千条万条绿色的柔软的针芽,织成一幅细致绵密的闪亮锦缎。

小金片降落在玫瑰丛中,撞醒了花蓓蕾含苞的梦。小小的蓓蕾展开了鲜红的笑靥,并且开始梳妆打扮起来。

风儿从遥远的地方赶来,在太阳的爱抚下,渐渐地温柔起来呢喃着绵绵的情话。

于是,倩倩的蝶影在闪亮的锦缎上空翩翩起舞,俏俏的蜂儿在玫瑰丛中上下翩飞,树梢间的小鸟儿,亮出了甜润的歌喉,合成了一支不见身影的幕后演奏小乐队。

空气中满溢的是玫瑰的芬芳。

大地用五彩缤纷的画幅，用清清的无处不在的温馨，用幸福的爱情的微笑，来报答太阳的大把大把的慈爱并且像我们发出了精诚的美丽的呼唤。

　　太阳撒下了最后一枚小金片，黯淡了她辉煌的光晕。

　　圆圆的金盘空了，重重的坠落并砸碎在西边那些尖尖的山峰间，溅起的血珠在天空映出鲜红的一片。

　　阳光无力地画圆了最后一个句号。大地浮沉在雾蒙蒙的忧郁之中。

　　夜风像一个缺少抚爱的孩子，变得冷酷残暴起来，也许他忘记了曾经许下的温柔美丽的诺言。

　　玫瑰花留下了寂寞的清泪，并且不再打扮自己；彩蝶收起了漂亮的长裙，躲进了密密的草丛；蜂儿歇下了舞步，回到了精致的蜜巢；小鸟儿把多情的歌儿带进了枝头的梦。

　　凉凉的清香，璇璇而起。
　　寂寞的花儿，是你在笑吗？

黄昏 写生

黄昏的手,托起了大团大团浓浓的白色的烟雾,从远处的山峰间滚涌而来,仿佛是一块巨大的陨石,从天的深处,向大地猛砸下来。

又有一股从海边游荡过来的风,以浪的威力把陨石般的雾霾冲开。

于是,出现了白色的奔马、天狗、稚兔,在各自的轨道上前行。

渐渐地,它们躲进了自己的宫殿,再也不肯露面,只留下一只只细细的、长长的若有若无的脚印。

脚印又慢慢地串成了一条断断续续、粗细不匀的白色的线,印在湛蓝的天空中。

白色的线,又开始舞动起来,一会儿弯得柔美,一会儿直得刚烈。

终于,多情的黄昏风,串起了无数条白

色的线,编织成一幅羽翼般细薄的、温柔的幕帘,披覆在绿色的山峰,披覆在蓝色的海面,披覆在大地的胴体。

黄昏的风

黄昏的风,从高远的天际吹过来,裹着海的呼啸、山的沉默,还有一抹落日喷洒出的彩霞。

黄昏的风,从深邃的地心吹过来,停在了婀娜的枝头、溢香的花蕊,还有我荒凉的思绪中。

黄昏的风,吹亮了街头的灯、他窗前的灯,还有我案头的灯。黄昏的风呀,你能从我的心头,带上这一支纯粹的小夜曲,送进他的心扉吗?

黄昏曲

黄昏,有三三两两的人,从我的窗前走

过,时而交流,时而又是活泼的情的欢唱。曲弯弯的小路,在他们的脚下,永无尽头地延伸。

黄昏,有三三两两的人,从我的窗前走过,无邪的脸上荡着碧蓝的笑颜。他们拥有自己的年华,他们拥有自己的世界。他们走过去了,走进像他们一样绿茵茵的草坪,编织一个滴翠的梦。

黄昏,有三三两两的人,从我的窗前走过。

揉进黄昏的思绪

傍晚的时候，太阳才从偏西的云层中探出头来，微弱的光线颤动着，大约是久经艰难的拼搏而终于获胜的喘息和兴奋之故吧。颤动的阳光，轻抚着我，多像母亲含笑慈祥的目光。

我喜欢一个人在幽静的小路上，或在清清的小溪旁，消磨一个夕阳斜挂晚霞如绣的黄昏。没有任何的搅扰，也没有任何的羁绊，让紧绷了一天的心弦自由地弹奏，优美、舒缓、清悠、淡雅，驱散拥塞在心腔的喧闹和烦忧。

周日的校园，最是我理想的所在。铺满闲悠的曲折小路上，游荡着无所事事的静谧。棕榈树下，腊梅丛中，小河之畔，草坪之怀，安歇着一个个稚嫩的童话、少年的梦幻和青春的憧憬。沐浴在柔和的阳光下的人们，不再忆起昨日的苦寒，也不再忧虑明日的风霜。我们且尽情地消受这完全属于今日的平和与逍遥。

我在校园的河堤上漫步。太阳在那条永恒的优美圆弧的尽头流连。黛色的山峰伸出热情的双臂，焦急地等待着，等待着恋人的投怀送抱。

前面的柳枝吐出了一层鹅黄的新绿，在微风中摇曳。柳枝丛中，忽而滚出一团耀眼的红，像一团燃烧的火。转瞬间，火团滚到了我的面前。呵，原来是一个穿着火红羽绒衣的小女孩。她脸蛋红扑扑的。斜挎着的小书包在她的身后吱呱吱呱地抱怨着。

"小朋友，你干嘛跑那么快呀？"

"妈妈在家等着我呢。"

"天还早呢。"

"太阳都快回到家了。妈妈说过的，太阳回家的时候，我也要回家的。"小女孩似乎有点委屈地撅起了她好看的小嘴巴。

我抬头看去，才发觉夕阳已经收尽了它

最后的一抹光线,山峰已整个儿地拥有了它的恋人,晚霞铺满了西天,黄昏从山的那边快步而来。

"阿姨,再见!"

那团燃烧的火又急急地滚过去了,仿佛被风追赶着,消失在我的视野。小女孩牵着黄昏的手回家了,因为太阳已经回家了,因为妈妈在家等着她。妈妈为她铺开了温软的小床,在小床的枕头边藏好了一个美丽的童话,童话的背后跟着一个长着翅膀的梦……

我望着高远的天空,若有所失。

也许,我也该回家了,妈妈不也在家等着我吗?

黄昏的忧虑

"白云啊白云,白得像天鹅一样;蓝天啊蓝天,蓝得像深深的海洋。"

那么,草地呢,绿得像什么,像生命?鲜花呢,妍得像什么,像爱情?

我的想象啊,凝成一座石雕。

白天鹅悠悠然遨游在蓝蓝的海洋中,妍花朵欣欣然燃烧在绿草地中。

我的思绪啊,仿佛白天鹅的大翅膀投下的一抹淡淡的云彩。

淡淡的云彩,浮游着,掠动着,不知是在悄悄地消散还是在慢慢地聚拢。

我的眼光跟随这一片淡淡的云彩,走向高邈的天际,走向遥远的地平线。

夕阳沉甸甸地降落。黄昏抖开了它半透明的帷幕,等待着铺展的最佳时机。

那么,夜晚到来的时候,如果没有星星,也没有月亮,淡淡的云彩终于过眼而去的时候,我会不会迷失了自己呢?

不该想的，不该忘的

不该想的，总常常想起；不该忘的，却又常常忘记。于是，我写下了这些文字，然不知是该写的还是不该写的。

——题记

飘洒的细雨，用自己的躯体和生命，在枯瘦的焦土上，注射进红色的液，融泄进绿色的诗。于是，谁也无法将它们分出彼此。

钟情的泥土，用全部的沉默和注视，向怀春的种子，传递出绵绵的心韵和柔情。于是，融合着彼此的新的活泼泼的生命诞生了。

静谧的港湾，以所有的安宁和平和，向漂流的帆船，舞动着深情的思恋和等待。于是，恬淡的月光下，又多了一对喃喃低语的情侣。

寂寥的荒漠,只要有水,就有绿洲,就有生命。但上帝并不因此而赐予它一丝丝的怜悯。于是,有了孤独、凄凉和萧瑟。

希望着的种子,只要有土,就有花蕾,就有果实。但命运并不因此而减少一点点的残忍。于是,有了痛苦、绝望和坟茔。

茫茫中的帆船,渴求一盏闪亮的灯塔,一片岸线。但神灵并不因此而停止其怒吼与咆哮。于是,有了分离、思念和永别。

秋的旋律

秋风醇香，朵朵白云点缀在蓝色的天幕上。白云跟着风，飘呀飘，飘呀飘，终于拗不过蓝天的诱惑，渐渐地，渐渐地，醉了，化了。

天，更清更高；风，更柔更淡。秋，弹奏着一支金色的旋律，向着每一个幽谷弥漫。

柔韧的风，把路边的梧桐树细细地梳理了一遍又一遍。日渐稀疏的树荫下，舞动着一对对活泼的顽皮的小精灵。

绵绵的雨，把河畔的百花丛密密地灌浇了一遍又一遍。涟漪闪动的河面上，新添了一艘艘摇曳的彩色的小叶船。

天是蓝的，风是蓝的，蓝得纯净，蓝得透明，如婴儿的眼睛；

歌是蓝的,笑是蓝的,蓝得恣肆,蓝得醉人,如久藏的美酒;

你是蓝的,我是蓝的,蓝得典雅,蓝得沉郁,如平静的海洋。

秋的旋律,送来金灿灿的果实;秋的旋律,迎来白茫茫的世界;秋的旋律,融进了绿莹莹的希望;秋的旋律,汇成了一支亮闪闪的歌,交响在朦胧的晨曦中,交响在琅琅的书声中,交响在幽院的曲径中。

秋叶，沙沙……

沙沙，沙沙……

又是一年秋风扫，又是一度落叶舞。

晚秋时节，太阳高高地挂在蓝色的天穹。流霖的阳光，把树林、把屋宇、把季节、把人的思绪，把整个儿的世界融成了一片辉煌。校园的林荫道上，落叶遍布，色彩纷呈，闪烁耀目。有燃烧如火焰的红枫，有灿然如黄金的银杏，有沉绿中泛溢出橙黄的梧桐。有的淡然，有的含笑，有的肃穆。有的似在静静等待，有的似在喃喃私语，有的似在喁喁诉说。

沙沙，沙沙……

呵，多宁静的秋季，多沉郁的美色，多揪心的凄音！

我孑然一身漫步在这铺锦叠彩的校园小径上，似在欣赏这一明丽多彩的画轴，又似在享受这一恬心悦神的情韵,但我又无法准确地描述出我的感受。仿佛有一支蓝色的歌,从我的心弦流过。我只觉得这许多天来压抑着我、窒息着我的郁闷和烦愁,消散成一缕缕的轻烟,一股股的秋风,然后,又回旋,舞动,融化成一枚枚的落叶,一滴滴的秋水,汇进了这一支深秋的小曲。

沙沙,沙沙……

我把脚步放得很轻很轻。

一枚落叶,轻轻洒洒飘落在我的身旁。我用微颤的双手轻轻地把她托起。这是一枚金黄的银杏树叶,清晰的脉纹,印记着她昨日的馥郁;淡淡的清香,宣示着今日的悲壮。捧着这枚含有微温的落叶,我的心湖泛起层层涟漪:落叶,落叶,你能不能告诉我,是什么使得你面对着生命的终点和飘零的生涯,没有沮丧,没有哭泣,而是用靓丽的笑颜谱写一曲辉煌灿烂的秋歌?是什么使得你面对青春的翠绿被无情蹂躏青葱的岁月永远逝去的时候,没有落魄,没有悲伤,而是用静谧的尊严留下一首充满希望的情诗?

沙沙,沙沙……

秋叶在细细地回答,我在虔诚地聆听。

困 惑

是错误路上上苍冥冥中的劝阻，还是真经路上九九八十一难的困顿？

我自问，却不能自答。

也许，本身就是一个难以破解的巨大的困惑。

所有的行为都是为了一个确定的目标吗？

目标又是如何确定的呢？

情绪的满足算不算一个明确的目标？

什么样的结果算是满足了情绪了呢？

在实现目标的过程中情绪起了变化，怎么办呢？

好想求助于人。

可是又能求助于谁呢？

103岁的杨绛先生，智慧、知性、美丽、聪颖，我崇拜至极。她阅尽无数的人事和宝书，不是还有那么多解答不了的疑惑吗？

她写了厚厚的一本书来记述分析这些疑惑,但始终找不到最后的答案。

也许人生本来就没有答案。也许有着答案但自身是无法知晓的。也许从孕育的那一刻起,就有了答案,人生的过程就是一个求证的过程,这个过程可以千变万化,但结果亘古不变。也许,这个过程也是规定好路径的。

偶然与必然?

有时候,真的很向往随着蒸腾的气韵飘入太虚幻境去一睹那本神秘莫测的生死簿册。

只要答案吗?自己设定一个不也可以吗,一来人生最后的答案是用不着与我照面或者印证的,二来除了自己这个世界上谁还会对你的答案感兴趣呢?

那么过程呢?生死簿册上好像也是没有记载的。兴许俗世的人们更为或最为关注的是那个决定勾子还是叉子的标准答案,就如解答奥数题,只在乎那个套路。

哪些是偶然呢？哪些是必然呢？分得清楚吗？是偶然决定着必然，还是必然引导着偶然？但无论如何，两者最后的指向是毫无二致的。

无论是偶然还是必然，都是事后的评定。那么处在正在进行时中的事呢，处于正在进行时中的人能不能做出判断呢？细节决定成败，成败是最后的结果，细节呢，算是偶然还是必然？学者李泽厚说过，战争的成败大致是偶然因素的结果，决定于指挥官的判断。

人生就是由一个个战争连接而成的一个有起有伏、有急有缓的过程，看起来丰富多彩，其实质是尸横遍野血流成河。倒在舞台上的是曾经鲜活的理想和真挚的爱情，化作青烟飘散的是无言的哀怨和伤痛。

然而，人生依然值得去经历，无论偶然还是必然。

成熟得正是时候

记得曾经读到过这么两句诗:"幸福的是,谁年轻的时候是年轻的;幸福的是,谁成熟得正是时候。"已经不记得这首诗的作者、题目和其余的诗句,也不记得读诗的时间和景况如何。记得的只有这么光脱脱的两句,但它们却创造出了一个凝重的旋律,常常出其不意地盘旋于我的思绪中,十分固执,甩了甩不掉,丢也丢不去。就在此刻,它就在我的脑海里,在我的指尖下,在洁白的荧屏上悠悠地回旋着,回旋着,不肯离去。

也不知从什么时候开始,每每看到活泼泼的小女孩在橡皮筋上蹦来跳去时,总会情不自禁地站在一边出神地观看,心中升腾起一股怜爱、艳羡而又掺和了酸楚的情绪。过去啦,一切都随着粉红色的蝴蝶结飘过去了，都成了美好的回忆！而面对的，则是事业啦、追求啦、成功啦一类的清清淅淅、明明白白而又模模糊糊、混混沌沌的极其严肃的游戏，极为神秘的迷藏。看看周围的人，玩得应手的，有名有利，其乐亦融融；玩得不怎么得心的，身败名裂，其苦亦绵绵。

前几天，与一位朋友神聊。最后这位朋友感慨万端忧虑切切地说：难道你到现在还不能明白，生活不是童话，人生不是诗篇，人更不会像"人"字的笔划那么简单。

我无话可说，只是淡淡地无奈地浅笑。

其实，稍有阅历的人，谁会不感悟到，人生不是写作诗篇，童话更不能解释生活，"人"字的简单只是一种表象，或者是假象。归根到底，人生不是数学题，没有标准答案。生活只是一种感觉，你觉得如何便是如何。物理学上的共鸣与感应，永远不适合于心灵。呼唤与被呼唤的，终在河的两岸，山的两方。

但是，难道我们必须因为担忧夏日的焦

阳会萎缩了心灵的鲜泽而封闭自己吗？难道我们必须因为恐惧冬日的冰雪会麻木了情感的灵智而设防每一个人吗？难道我们必须以敏感的麻木、孤傲的自卑、沉重的漂浮、充实的空虚、超脱的庸俗的状态，来表明自己的成熟吗？

如果是这样，我宁愿永远不要正是时候的成熟，也不要这样的幸福。

那么，你呢，我的朋友，但愿你成熟得正是时候！但愿你幸福！

"维特"远去了

终于在书橱里找出《少年维特的烦恼》，很薄的一本，是大学时期买的，纸张已经泛黄了，中间还有很多褐色的斑点，很像人脸上的老年斑。翻动的时候不时地会飘起缕缕有些霉陈的气味，不禁让人回味起当年它也曾飘洒的油墨的香气。岁月如水，该带走的，不该带走的，都带走了。

正值清明假期，读完了《维特》。自然不会再流泪了，不单单是因为年龄的关系，更是因为这个时代。那么纯粹的感情，那么无邪的爱情，看起来恍若隔世。呵，本就是隔世的，已经二个多世纪了。那种爱情，属于那个世纪。哦，这个世纪也曾有过。只是，现实，击碎了所有的美好。现实，看重的是看得见的东西，而不是爱情的虚无缥缈。

想了很久,还是把这本小书夹进厚厚的书层,让它淹没吧。

还是流下了眼泪,不是因为书中的故事,不是因为主人公的痴情,不是因为少年的多情,而是,心中有说不出的酸楚。也许,是对逝去的永远逝去的岁月和情感的一种祭奠吧。

今天是清明,我点上了一炷香,一炷从遥远的圣地带来的藏香。

特有的香味弥漫开来,飘进了思绪。

送走了"维特"。

旅程刚刚开始

列车启动了,喘着浓重的粗气,拖着长长的疲惫身躯,艰难地爬行着,像一个久病初愈的老妇人,让人担心顷刻间就会颓然倒地,永远结束步履艰难的跋涉岁月。

小站是宁静的,毫无怨言地默送着走东奔西的旅人,也许是过分频繁的分离的酸楚和拥抱的欢欣,麻木了它的神经,它永远只是木呆呆地淡然寡情地沉默着。

渐渐地,在车轮的滚动声中,小站消隐了,父亲的叮咛模糊了,母亲的身影远去了,只剩下几束慈爱的湿润的目光,越来越清晰,越来越沉重地压在了我的心上。

泪眼濛濛中的世界旋转着,剧变着,迅疾消逝,又迅疾出现。死亡和新生相依相生,魔鬼和天使结伴同行。世事原本就是这样的奇妙,这样的不可思议,又是这样的简单,这样的一目了然。思想起来，是这样惊心动魄，又是这样索然无味。

我笑了，笑声中飞落一串泪珠。照例的莫名其妙。

列车渐行渐疾，终于像一头睡醒的雄狮，呼啸着，嘶吼着，以一泻千里之势，狂奔而去。

夕阳的余晖，斜斜地从窗口射入，偶尔带进路旁水杉树淡淡的阴凉和绿色原野清新的气流，给这初秋傍晚的燥热平添了几分凉爽与安宁。

"哇……"一声清脆的婴儿的啼哭声，牵过了我的视线。

坐在我对面的是一位怀抱婴儿的年轻母亲。布满血丝的眼睛，稍见红肿的眼皮，苍白而倦怠的神色，都在无声地告诉我：这是一位长途旅客。

"哎，哎，宝宝乖，宝宝不哭，宝宝就要见到爸爸了……"

年轻的母亲嗓音嘶哑，望向宝宝的眼光

中闪射出纯纯的、柔和的光。这光里有欢喜,有期待,有深深的爱。

这小宝宝也真是乖,他是那么小的一个小不点儿,大约只有三四个月大。他忽闪了两下圆圆的小眼球,看着他的母亲。他没有笑,他还不能用笑来表达他的情绪,但他的纯如清水的眼光,却明明在回应他的母亲:我不哭,我要做爸爸的乖孩子。

呵,这就是爱的感应,爱的神奇,爱的灵犀。

年轻的母亲满意地笑了。她轻轻地哄拍着婴儿。那胖乎乎的脸蛋,圆溜溜的身子,真惹人怜爱。

小宝宝很快又进入了梦乡,如果他已经有梦的话。年轻的母亲,也垂下了沉沉的眼帘。许是太累了。

这一对浅睡的母子是这样的甜美,怡然,因为前面有爱的期盼,爱的呼唤,爱的乐园。

滚滚车轮的轰鸣,忽然间变得分外柔和。

三十岁的母亲

三十岁的母亲,端庄,沉稳,蕴藉魅人的风韵;三十岁的母亲,漂亮,温柔,迎接崭新的生活。

三十岁的母亲,过往如云烟;三十岁的母亲,歌吟似天籁。

母亲用灵巧的双手,剪裁了那片云,为她的孩子缝制出洁白的岁月;母亲用细柔的语音,伴升了那缕烟,为她的孩子描画了朦胧的期盼。

于是,她的孩子,开始了蹒跚学步,走进了母亲缝制的岁月;于是,她的孩子,开始了牙牙学语,唱出了母亲谱写的歌谣。

浓香与沉醉

　　如正点的列车,桂花在仲秋时节如期送来了馥郁的浓香。

　　从家到单位的一段上班路上,有一排20几棵桂花树。每到这个季节,在叶子从枝干斜长出的部位,就冒出了一丛丛的碎花,有金色的,有银色的,有红色的,故而称之为金桂、银桂、丹桂,花瓣如米粒般大小。别看她的身形那么的小巧,而溢出的花香,则浓得像凝脂,感觉化也化不开,吸进去的不是一缕一缕的,倒像是一团一团的。也因此,比之在桂花树下品味其香,我倒宁愿在远远的地方,消受她的被空气被距离稀释了的花香,这样感觉更亲切更温和更真实。就如与自己的家人相处,太近了会有因浓而致的郁,会有因烈而致的冲,会有因腻而致的闷。而有了一定的距离,能闻得到花香的距离，亲情就会更容易知觉、感受而绵长。

　　这天，和儿子一起，走在了这条小路上。浓香不由分说地扑来，挡也挡不住。

　　"太腻了，这香味。"我用手在鼻前扇了扇。

　　"很醉人的。"儿子畅开胸腔，深深地吸了口气，仿佛要把所有的香气一丝不漏地吸进去。

　　哦，年轻人要的就是沉醉，他们是不会感觉腻的。

樟的香

校园里有许多香樟树。仲春时节,新叶渐长,一片片新鲜的绿,亮得晃眼。香樟树也是。而不同的是,香樟树上时时在飘落一片片叶子,红色的,不枯也不萎,悠然地。经过了一晚,地上铺上了红地毯。

一阵风吹过,一滩红叶随风旋动,旋成了一个圆弧,就如一群穿着红裙子的女孩在欢快地跳着圆舞曲。那悉悉索索的叶子与叶子、叶子与地面的碰擦声,就如女孩们拼命忍也忍不住的清脆的咯咯的笑声。

风过了,地上的叶子安静了下来,不动也不响。树上的绿叶则静不下来,它们悬在空中,似乎要跟安躺在路上的落叶对话,讲些体己的话。

没有对生的留恋,也没有对死的恐惧,一切都是明丽的,欢快的,安静的。在严冬,樟叶坚守自己的责任,昭示生的希望;在初春,樟叶完成自己的生命之旅,待到新叶初长成,它们挥挥手,唱着祝福的歌。

　　校园里处处闻得到樟的香,馥郁,隽永。

珍藏的绿叶

昨夜,我翻开珍藏的你赠我的那本书,看到夹在书页中的那枚鲜嫩的光亮的绿叶已经变得红瘦枯焦。

我用清凉纯净如水晶的泪水精心地浇揉,那萎缩的叶衣焦硬的叶脉已经不再吮吸。

我知道过去了的一切,就如这书中的枯叶,不再复活。

最是那无望的思念,最是那难寄的情。

欢快的季节不会再来临。

飘飞的彩云

黄昏走过来，威尔第的安魂曲抚慰着流过血的心灵，惶惶的身心终至于安宁。

等待我们的是销魂荡魄的秋夜的梦。

穿过蜿蜒的小路，穿过葱郁的紫藤架，走进那片熟识的小竹林。

我仰望绿色的天空，多么明净，多么新鲜，多么亲近。

有一朵彩云飘过来，挂上了细细的竹梢，点缀得沉郁的空间犹如金碧辉煌的宫殿。

微风吹过来淡淡的一缕幽香，送来了你浑厚惑人的话音：美丽的云彩是虚幻的，就像多彩的梦。

我回头追寻你的声影，只有三三两两悠悠飘零的片片竹叶。

黄昏携着彩云悄悄飘逝，夜幕挟裹着醉人的幽梦缓缓而来。

梦比彩云更美丽。

但愿世界是彩云，生活是甜美的梦。

我要去远方

告别没有太阳的天,告别没有青苔的地,告别闪烁璀璨的霓虹灯,我要去远方。

原谅我,朋友!不要惊奇,不要叹息,不要责怪,深情的秋日留不住绿色的音符,虔诚的祈求拗不过东去的流水。

我是追赶太阳的白鸽,是向往泥土的嫩草,生长在萤火虫的故乡。

远方的蛙声,远方的蝉鸣,奏响了我沉睡的琴弦,牵动了我长眠的情思。

甜润的清泉,袅袅的炊烟,丰沃的土地,没有焦虑的心田。

我要去远方,让心灵的天空永远飘舞起蒲公英洁白的裙裾。

砂砾集

(一)

一叶小舟,在茫茫无边的大海上颠簸,寻找;

一只孤雁,在滚滚黄沙的荒原中回旋,低吟。

找到了,一片静谧的港湾,一泓透亮的甘泉;

吟成了,一曲单纯的音韵,一支蓝色的歌谣。

(二)

妈妈的怀抱,温暖又安宁;妈妈的亲吻,馥郁而甜蜜;妈妈的微笑,融化了我的叹息和忧伤,熔铸出一座辉煌而神圣的宫殿。

妈妈为我撑起了白色的帆,在波涛汹涌

的大海中；妈妈为我指明了明天的路，在茫无人烟的荒原上。

（三）

身后落下的，是一串错乱斑驳的脚印。
眼前矗立的，是一座峰峦叠嶂的山崖。

（四）

一个苍茫的天空，一片辽阔的平地，一棵孤立的老树。
一个模糊的背影，一张稚气的脸庞，一双疑惑的目光。

（五）

喜欢喝茶,因为,可以有它,亦可以无它。
喜欢供香,因为,可以有想,亦可以无想。

(六)

这个世界很小,我们不期而遇,悲欣交集;
这个城市太大,我们无缘重逢,冷暖自知。

(七)

这是一个赞赏颜值的时代,也是一个缺乏廉耻的时代;

这是一个跪拜财富的时代,也是一个稀有高贵的时代。

(八)

苦,是活着的味。
痛,是醒着的感。
空,是此刻的悟。

（九）

旅行，就是用时间、精力、金钱兑换成感觉，且未必成正比。

人生就是一场旅行，或长或短，亦长亦短，不长不短。

（十）

生活，像花儿一样，美，好，无论是有意结缘的还是无意随缘的，无论是缘尽谢落的还是缘来萌动的，无论是结果的还是无果的。

白色的思绪

一阵杂沓纷乱的脚步声,掺和着高呼低叫的吵嚷声,掩盖不住那生气勃勃的青春活力,毫不客气地窜进了我的小屋。好一曲疯狂的摇滚曲!把我煞费苦心好不容易焊接上的思绪冲击得支离破碎,难以拾掇。"学生们下晚自习了。"我无可奈何地从稿纸堆中抬起头来,淡黄色的灯光,沉默得仿佛就要睡着了的字句,酣梦中溢出浅浅微笑的书页……我忽然感到,我的世界太安静了,安静得鸟儿不敢鸣叫,花儿无力开放,溪水不忍叮当。而屋外那跳跃弹蹦的活力,又仿佛在呼唤着我,撩拨得我的心绪不宁。

我轻轻地站起身来,打开了门。

山泉一般清澈、白云一般轻柔的月光,为我铺展开一片洒满银辉的田野。我漫步在这洁白、透明的夏夜,让似水的月色清清地荡涤我的灵魂。烦乱、忧闷消融了,退隐了,忽而觉得心中空荡荡的,似乎缺少点什么。呵,想起来了,那脆亮的笑语,那响当当的节奏。我抬眼望去,热腾腾的人潮,夹带着金灿灿的精力,流进了千舍万室,留给我的是难以令人置信而又实在得不容人疑虑的寂静。我的心被一股刀砍斧劈般的失落感攫住了。然后,又被重重地丢进漆黑无底的深潭。

静静的月儿,静静的河,静静的思绪,静静的我。我静静地在白色的世界徘徊。

微风轻轻掠过,暗绿色的树叶在月光中颤动,反射出几点闪烁的白光。我的心忽然一亮。是那闪烁的白光的神力?是那微风吹动了凝住的心曲?不!都不是!听,是一支《摇篮曲》,轻轻地、弱弱地,仿佛从遥远的天国飘来。暖暖的、茸茸的,又仿佛就在我的耳畔回旋。心河流动了,灵魂迷醉了。我看到了,那淡蓝色的窗帘,透出了梦一般淡蓝色的温柔。摇篮边的母亲,细心地描绘着婴儿的梦景，在婴儿嫩嫩的粉红色的笑靥中，盛满了稠稠的甜蜜。那份幸福，那份暖意，那份谐和，那份宁静……

洁白的月光，洒在我身上，暖融融的。我仰起头，月亮对我微笑。不，那是母亲安详、慈爱的目光，她仿佛在对我说：宁静的世界是属于你的，失去了的不能追回，而拥有的，是最美好的，要万万珍惜。

夜深了，万籁俱寂，只有我小屋的灯，还在静静地等待着我，我信步朝小屋走去。

校园有片水杉林

午后,如无数个夏日的午后一样,太阳像个大火球,悠然地在蓝天上缓缓独步,如高傲的美丽公主,如自信的年轻王子,如泰然的安乐国国王。隐身在树梢枝头叶背的知了,没命地高叫着,回荡起无边无际的宁静。

整个校园宁静极了。我在刚刚整修成型的小花园曲径中慢行。平日里欢蹦乱跳、高歌曼舞的男生女生们,这时候也难得碰上几个,许是被炽热的气流堵在了宿舍里。偶尔有几只鸟儿掠过,也是急匆匆地消失在花园另一边的小树林中,消受热海中的清凉小岛萦绕起的一片安宁。我也身不由己地走向了撑开绿色大伞的水杉树下的密密草坪。

仰躺在草坪上,太阳针尖似的光束穿透

枝叶的细缝刺得人睁不开眼睛。我微微闭上双眼，一股清凉从地心穿过草叶，透过肌肤，直渗向我的心壁。夏风经过绿叶的过滤也送来适度的温热，轻轻地披覆在身上，一种酥酥的感觉流入血液，顷刻间传遍了全身。

好惬意呀！

我就那么躺着。思想、情绪、尘扰、世烦，全如我的身躯，静静地，感觉一切都不复存在。

有脚步声走近又远去。

我立起身来，觉得自己有些失态。

唉，人也真是奇怪，总是莫名其妙地祈求自己得不到或不可能的东西，而唯独不懂得好好地消受自己所拥有的。静心怡情，清幽淡泊，顺性遂缘，是我内心所孜孜以求的。而今，刚刚身临其境，有所受用，却又偏偏感觉有一种力量在用无形的双手拽拉着我，斩断入梦入幻的想象之羽，走向尘烟喧嚣的人潮俗流。

我走出草坪，走出水杉林的阴凉，任火

样的阳光燎烤我的头顶,热汗直流。人的身影投在地上,像一个可爱的侏儒。我看着自己的脚尖朝前跨,却怎么也踩不上自己的身影。我笑了,但没有出声。

绕过一个四角花坛,前面又是一片茂密的水杉树林。我停住了脚步,想:我拥有的是些什么呢?我该怎样好好地消受呢?

阳光朗照着,水杉树林静悄悄的。

校园,静悄悄的。

雨夜神曲

此刻,文字在我的思路中,像夏日天空的星星一样,虽然繁多,且清晰明亮,但却各自为伍,互不相连,也互不相扰,自顾自地明明灭灭。我把桌子上的几页文稿,连同乱麻般的思绪,揉成一团,丢进了墙角的废物桶。

我仰头倚在椅背上,这才发觉脑袋发麻发胀,像塞满了一团团的破絮,眼睛也由于长时间的低头伏案而干涩疼痛。

"当……当……"墙上的挂钟敲了十下,我站起身,活动了几下酸痛的膝关节,伸了伸已经僵直的双臂,身体的各个部位、关节才渐渐恢复原样。

室内幽暗而寂静,只有滴滴答答的秒针的走动声,似乎还在证明着地球还在一刻不停地旋转。我打开灯,又习惯地渡到窗前,打开窗。一股冷气，猛地袭进，肆无忌惮地向我身上的每个毛孔侵袭。我打了个寒颤，人也一下子清醒了许多。呵，又是一个阴雨绵绵、冷风习习的秋夜！

我站在窗前，任凭冷风的肆虐。抬眼望去，远处的一切，都被泼墨般的夜色所吞噬。近处，一个边角笔直的方框内，无数条垂直的线被窗口漏出的灯光均衡地切割着，经纬交错，明暗交织，就像挂在漆黑帷幕上的一个恍惚、动态的印象画。

随着冷风挤进窗口的，还有一阵阵窸窸窣窣的破碎的压抑的吼叫声。循声而望，是抹不开的漆黑。我知道，距离窗口十几米有几棵高大、挺拔的梧桐树，由于光照充足、土地肥沃，张张树叶厚实又阔大，像一把把花边小阳伞，炎夏时节投下浓浓的绿荫。而此时，冷雨的泼浇，凄风的狂暴，黑色的蹂躏，它只有摇摆，只有躲闪，只有诅咒。那曾经的绿叶轻摇舞姿，那曾经的夏夜轻吟小曲，那曾经的清凉柔洒情侣，都随今夜的落叶揉碎在积水里了。

忽地，雨声风声吼声中，夹杂了断断续续的若隐若现的细细柔柔的催眠曲，随之，一个灰蒙蒙的人影出现在窗口的画框中，停下了。一位年轻的母亲，一手撑着一把大伞，一手怀抱熟睡的婴儿。她借助窗口的灯光，看了看孩子，也歇了一歇，调整了一下怀抱孩子的姿势，把孩子往上耸了耸。又走进了黑暗中。催眠曲消融在黑暗中。那么大的雨，那么黑的夜，她的衣裤一定被雨水打湿了，可她的孩子睡得正香，可以想见，脸蛋红扑扑的，粉嫩嫩的，笑盈盈的。

我的心，被重重地击了一下，随即弥漫起层层的暖意。

"我的孩子，受不了外面的生活，就回到家里来。"

妈妈的催眠曲，穿过黑暗，穿过风雨，穿过岁月，响起。

我爱的田野

暮夏清晨的天空，融和着几分淡淡的蔚蓝，明净而清丽，辽阔而高远。连接着天和地的，是几座连绵起伏的小山丘陵，远远看去，柔缓的山峰，犹如一条黛青色的缎带，飘曳在天空和大地的连接处，把原本滞板单调的天空装饰得活泼妩媚，展示出一种动感极强的飘逸感。隐隐的晨雾，在山腰间徐徐地汇拢、升腾。青山开始苏醒了。

刚刚播种下晚稻的田野铺展开无边的新绿，此时显得格外空旷、沉寂。青蛙已经在月色如水、星星万点的夜晚欢快地歌唱过了，并且累了，在清晨的温凉中静静地睡去了。娇嫩的幼苗，得到了晨雾的薄洒，全身披挂着一闪一闪的小露珠，像一个打扮得漂漂亮亮正在庆生的小女孩般可爱地甜甜地笑着。

有三三两两的农人,在田野间或急或缓地穿行,那坚实有力的脚步声,就像奏响着的一串串泥土般油亮、黝黑、醇厚、丰沃的音符,在田野的上空悠悠地盘旋、萦绕。好一支清朗的晨曲!是人点缀得这田野富足而蕴情,还是这绿海般的田野给人制作了赏心悦目的铺垫,这景致才会这般的和谐,这般的生机盎然?!

这眼前的景象,我已不是第一次见到了,但每一次置身其中,我都觉得新奇无比,妙不可言。特别是此时,当我度过假日来向田野告别的时候,更觉得有一股异样的东西冲击我的心扉,在神奇般地融化着久已淤积于心的冰垒。整个身心似乎在剧变,有的在消逝,有的在萌生。"再见"两字竟是如此的艰涩,沉重到难以出口。

是的,刚来这里,我就被迷住了,如画的景致炫惑得我透不过气来。温山软水,石上清流,溪中细鱼,翠竹鸟鸣,蝉鸣声声,晨光幽幽,都是这般惊心动魄。这里,连风也与别处不同，草和泥土都透着清香。

田野上穿行的人，陆续多了起来，也热闹了起来。农人们互相打着招呼，声音是高亢的，洪亮的，满足的。城市中恼人的高分贝在这里却是悦耳动听的。青蓝的天空中，已经融进了一串淡黄的光晕，渐渐地融汇成了紫的、黄的、红的相间相杂的朝霞，涂抹在东方。淡淡的山雾已经褪尽，山峦叠嶂，层次分明。天空与大地的分界线，依然柔美飘逸。新鲜的空气，照例不急不徐地悠悠地流动。

这是我最后一次在这落满晨光的田埂上漫步了。我要离去了，要回到我该有的属于我的别样的生活别样的场景别样的人群里去了。我不知道什么时候能再来，也不知道还能不能再来。

我知道，等到太阳出来时，耀眼的阳光像金线般地抛洒，这一片田野将会更加美丽。

但我要走了。

"别了，我爱的田野，我会永远在遥远的地方，思念着你。"

登鸣沙山

踏着落日的余辉,和着晚风若隐若现的节奏,带着酝酿已久的期待,怀着朝圣沐泽的敬意,向着沙漠出发。

"长河落日圆,大漠孤烟直。"千古的绝唱,无色的写意。对沙漠的想象,启于此,终于此。对沙漠的膜拜,在于遥远,在于陌生。陌生而至神秘。

行过了一条条凹凸不平的黄泥路,越过了一片片荆棘丛生的砂砾地,穿过了一列列迎风挺立的白杨树。

沙漠,在路的尽头。

在我面前的是一幅闪着金光的披覆在高高低低山丘顶上又随意地往下铺展开来的光滑的锦缎!

沙海,沙波,沙浪。金色的海!

日头将落的那一方,喷薄出一片银红的

光,色彩渐远渐淡,染红了半边天。

阳光炙烤后的砂砾,灼热异常,泛起淡淡的清灰色的烟尘。

太阳余晖映照中的沙脊,就像海面上涌起的高高的海浪。由于沙面的自然起伏,光的投影也是明暗相间,层次分明,分界线饱满柔和。沙丘的坡陵,像风中的丝巾,摇曳飘动。

"叮铃,叮铃"。似乎是为了给这无声的画面配音,从沙脊后面,远远地传来清脆的铃声。一支驼队应声而来,一个个小黑点,渐行渐近。悠闲、缓慢、平稳的脚步,走成了沙漠特有的移动的风景。

沙浪,热烟;落日,晚霞;驼队,铃声。一幅完整的沙漠晚景图。

那一捧金光,那一抹彩霞,那一团诱惑。

那一把热风,把我推进了沙海。滚热的沙海!

脚踩下去,一个深深的坑,圆细的沙子,立时满满地包裹起鞋子,并且见缝就入。沙子从鞋帮口漏进,一下就把脚与鞋之间的空隙,填得实实的,提脚迈步变得分外沉重,并且艰难。于是,只好把鞋袜脱去。赤脚踏进沙地,滚烫的热度,使人即刻想要逃避;细柔的抚摸,又使人留恋难舍。

登山难,登沙山更难!"跋涉"二字,用在登沙山时最为贴切了。脚踩沙滑,步履维艰,登上一步滑下半步。唯有低头躬腰,像一匹骆驼,全心全意往上走,不敢回头看身后的密密的一个个不像脚印的脚印,怕失去信心。

终于登上了沙山。

啊,月亮掉到沙漠里了!

诗意没有预感。

一片翠绿,一泓碧水,在金色的沙漠中,在荒原的腹地。

佛陀曾曰:一沙一世界,一叶一菩提。

一沙,一叶,就是这样的呼应?一世界,一菩提,就是这样的神秘?

骆驼在走,风亦在走。

沙漠无语,我亦无语。

后记

《苔花集》面世了。

感谢知遇者的定音、指正和支持!

感谢朋友圈的关注、鼓励和赏赞!

感谢亲人们的爱护、宽容和娇惯!

对我来说,搬弄文字,是随性而为;就书而言,编辑出版,是刻意而作。从随性到刻意,我也曾犹豫、忐忑。终于,定于一缘,见字如面。

感恩有你,我们不期而遇,结伴同行,看花闻香、赏月听风、喝茶望空。

感恩有你,我们各居东西,偶遇美丽,目悦心畅、低吟浅唱、享受忧伤。

愿简单的快乐,永随!

图书在版编目（CIP）数据

苔花集/王伯瑛著．--上海：同济大学出版社，2018.7
ISBN 978-7-5608-7969-7

Ⅰ．①苔… Ⅱ．①王… Ⅲ．①诗集－中国－当代 Ⅳ．①I227

中国版本图书馆CIP数据核字(2018)第135991号

苔花集 Taihua Ji

王伯瑛 著

出 品 人	华春荣
责任编辑	张 翠
装帧设计	每日一文
责任校对	徐春莲
出版发行	同济大学出版社 www.tongji.com.cn
地 址	上海市四平路1239号 邮编200092 电话021-65985622
经 销	全国新华书店
印 刷	浙江广育爱多印务有限公司
开 本	787mm×1092mm 1/32
印 张	8
字 数	176 000
版 次	2018年7月第1版 2018年7月第1次印刷
书 号	ISBN 978-7-5608-7969-7
定 价	38.00元